Saudari Sesat

Saudari Sesat

Aldivan Torres

aldivan teixeira torres

CONTENTS

1 | Saudari Sesat   1

1

Saudari Sesat

Aldivan Torres

Saudari Sesat

Pengarang: *Aldivan Torres*
2020- Aldivan Torres
Hak cipta terpelihara

Buku ini, termasuk semua bahagiannya, berhak cipta, dan tidak boleh diterbitkan semula tanpa kebenaran pengarang, dijual semula, atau dipindahkan.

Aldivan Torres, Pelihat itu, adalah seorang artis sastera. Janji dengan tulisannya untuk menggembirakan orang ramai dan membawanya ke keseronokan. Seks adalah salah satu perkara terbaik yang ada.

Dedikasi dan terima kasih

Saya mendedikasikan siri erotik ini kepada semua pencinta seks dan sesat seperti saya. Saya berharap dapat memenuhi harapan semua minda yang gila. Saya memulakan kerja ini di sini dengan keyakinan bahawa Amelinha, Belinha dan rakan-rakan mereka akan untuk dilakukan sejarah. Tanpa berlengah lagi, pelukan hangat kepada pembaca saya.

Membaca mahir dan banyak keseronokan.

Dengan kasih sayang,
penulis.

Pembentangan

Amelinha dan Belinha adalah dua beradik perempuan yang dilahirkan dan dibesarkan di pedalaman Pernambuco. Anak-anak perempuan bapa pertanian tahu awal bagaimana menghadapi kesukaran sengit kehidupan negara dengan senyuman di wajah mereka. Dengan ini, mereka mencapai penaklukan peribadi mereka. Yang pertama adalah juruaudit kewangan awam dan yang lain, kurang pintar, adalah guru perbandaran pendidikan asas di Arcoverde.

Walaupun mereka gembira secara profesional, kedua-duanya mempunyai masalah kronik yang serius mengenai hubungan kerana tidak pernah menemui putera mereka menawan, yang merupakan impian setiap wanita. Anak sulung, Belinha, datang untuk tinggal bersama seorang lelaki untuk seketika. Walau bagaimanapun, ia telah mengkhianati apa yang dihasilkan dalam trauma kecil hatinya yang tidak boleh diperbaiki. Dia terpaksa berpisah dan berjanji tidak akan menderita lagi kerana seorang lelaki. Amelinha, perkara malang, dia tidak boleh untuk dilakukan kita bertunang. Siapa yang mahu berkahwin dengan Amelinha? Dia adalah orang berambut coklat yang tidak bermaya, kurus, ketinggian sederhana, mata berwarna madu, punggung sederhana, payudara seperti tembikai, dada yang ditakrifkan di luar senyuman yang menawan. Tiada siapa yang tahu apa masalahnya sebenarnya, atau kedua-duanya.

Berhubung dengan hubungan interpersonal mereka, mereka hampir berkongsi rahsia di antara mereka. Sejak Belinha dikhianati oleh orang jahat, Amelinha mengambil kesakitan kakaknya dan bersedia untuk bermain dengan lelaki. Kedua-duanya menjadi sepasang dinamik yang dikenali sebagai " Adik-adik sesat ". Walaupun begitu, lelaki suka menjadi mainan mereka. Ini kerana tidak ada yang lebih baik daripada mencintai Belinha dan Amelinha walaupun sejenak. Adakah kita akan mengenali cerita mereka bersama-sama?

Saudari Sesat

Saudari Sesat

Dedikasi dan terima kasih

Pembentangan

Lelaki kulit hitam itu

Kebakaran

Perundingan perubatan

Pelajaran Peribadi

Ujian persaingan
Kepulangan guru
Badut gila
Lawatan di bandar Pesqueira

Lelaki kulit hitam itu

Amelinha dan Belinha serta profesional dan pencinta yang hebat, adalah wanita cantik dan kaya yang disepadukan ke dalam rangkaian sosial. Sebagai tambahan kepada seks itu sendiri, mereka juga berusaha untuk berkawan.

Sekali, seorang lelaki memasuki sembang maya. Nama panggilannya ialah "Lelaki hitam". Pada masa ini, dia tidak lama lagi gementar kerana dia menyayangi lelaki kulit hitam. Legenda mengatakan bahawa mereka mempunyai daya tarikan yang tidak dapat dipertikaikan.

"Helo, cantik! "Anda memanggil lelaki kulit hitam yang diberkati itu.

"Halo, baik-baik saja? "Jawab Belinha yang menarik.

"Semua hebat. Selamat malam!

"Selamat malam. Saya suka orang kulit hitam!

"Ini telah menyentuh saya dengan mendalam sekarang! Tetapi adakah sebab khas untuk ini? Siapa nama awak?

"Nah, sebabnya adalah kakak saya dan saya suka lelaki, jika anda tahu apa yang saya maksudkan. Setakat namanya, walaupun ini adalah persekitaran yang sangat peribadi, saya tidak mempunyai apa-apa untuk disembunyikan. Nama saya Belinha. Gembira dapat bertemu awak.

"Keseronokan adalah semua saya. Nama saya ialah Flavius, dan saya benar-benar bagus!

"Saya berasa ketegasan dalam kata-katanya. Anda maksudkan gerak hati saya betul?

"Saya tidak dapat menjawabnya sekarang kerana itu akan menamatkan keseluruhan misteri. Apa nama kakak awak?

"Nama beliau ialah Amelinha.

"Amelinha! Nama cantik! Bolehkah anda menggambarkan diri anda secara fizikal?

"Saya berambut perang, tinggi, kuat, rambut panjang, punggung besar, payudara sederhana, dan saya mempunyai badan arca. Dan awak?

"Warna hitam, satu meter dan lapan puluh sentimeter tinggi, kuat, bertompok, lengan dan kaki tebal, kemas, rambut yang dinyanyikan dan muka yang ditentukan.

"Wahai! Wahai! Awak hidupkan saya!

"Jangan risau tentangnya. Siapa yang mengenali saya, tidak pernah Lupa?

"Anda mahu untuk dilakukan saya gila sekarang?

"Maaf tentang itu, sayang! Ia hanya untuk menambah sedikit daya tarikan kepada perbualan kami.

"Berapa umur awak?

"Dua puluh lima tahun dan anda?

"Saya adalah tiga puluh lapan tahun dan kakak saya tiga puluh empat. Walaupun perbezaan umur, kita sangat dekat. Pada zaman kanak-kanak, kita bersatu untuk mengatasi kesukaran. Semasa kami remaja, kami berkongsi impian kami. Dan sekarang, pada masa dewasa, kita berkongsi pencapaian dan kekecewaan kita. Saya tidak boleh hidup tanpa dia.

"Besar! Perasaan anda ini sangat cantik. Saya mendapat dorongan untuk bertemu dengan anda berdua. Adakah dia nakal seperti anda?

"Di Cara yang berkesan, dia adalah yang terbaik dalam apa yang dia lakukan. Sangat pintar, cantik, dan sopan. Kelebihan saya ialah saya lebih bijak.

"Tetapi saya tidak melihat masalah dalam hal ini. Saya suka kedua-duanya.

"Adakah anda benar-benar suka? Anda tahu, Amelinha adalah wanita istimewa. Bukan kerana Dia adalah kakak saya, tetapi kerana dia mempunyai hati yang gergasi. Saya berasa sedikit kasihan kepadanya kerana dia tidak pernah mendapat pengantin lelaki. Saya tahu impiannya adalah untuk berkahwin. Dia menyertai saya dalam pemberontakan kerana saya dikhianati oleh sahabat saya. Sejak itu, kita hanya mencari hubungan yang cepat.

"Saya betul-betul faham. Saya juga sesat. Walau bagaimanapun, saya tidak mempunyai alasan khusus. Saya hanya mahu menikmati masa muda saya. Anda kelihatan seperti orang yang hebat.

"Terima kasih banyak-banyak. Adakah anda benar-benar dari Arcoverde?

"Ya, saya dari pusat bandar. Dan awak?

"Daripada Kejiranan Orang suci Cristopher.

"Besar. Adakah anda tinggal bersendirian?

"Ya. Berhampiran stesen bas.

"Bolehkah anda mendapat lawatan dari seorang lelaki hari ini?

"Kami suka. Tetapi awak mesti menguruskan kedua-duanya. semua baik?

"Jangan risau, cinta. Saya boleh menguruskan sehingga tiga.

"Ah ya! Benar!

"Saya akan sampai sebentar lagi. Bolehkah anda menerangkan lokasi?

"Ya. Ia akan menjadi keseronokan saya.

"Saya tahu di mana ia berada. Saya akan datang ke sana!

Lelaki kulit hitam itu meninggalkan bilik dan Belinha juga. Dia memanfaatkannya dan berpindah ke dapur di mana dia bertemu dengan kakaknya. Amelinha sedang mencuci pinggan mangkuk kotor untuk makan malam.

"Selamat malam kepada anda, Amelinha. Anda tidak akan percaya. Meneka siapa yang akan datang.

"Saya tidak tahu, kakak. Yang?

"Flavius. Saya bertemu dengannya di bilik sembang maya. Dia akan menjadi hiburan kita hari ini.

"Apa yang dia kelihatan seperti?

"Ia adalah Lelaki Hitam. Adakah anda pernah berhenti dan berfikir bahawa ia mungkin bagus? Orang miskin tidak tahu apa yang kita mampu!

"Ia betul-betul kakak! Marilah kita menyelesaikannya.

"Dia akan jatuh, dengan saya! "Kata Belinha.

"Tidak! Ia akan bersama saya "Jawab Amelinha.

"Satu perkara yang pasti: Dengan salah seorang daripada kita dia akan jatuh" Belinha menyimpulkan.

"Ia benar! Bagaimana dengan kita menyediakan segala-galanya di dalam bilik tidur?

"Idea baik. Saya akan membantu anda!

Kedua-dua anak patung yang tidak puas pergi ke bilik meninggalkan segala-galanya yang dianjurkan untuk ketibaan lelaki itu. Sebaik sahaja mereka selesai, mereka mendengar cincin loceng.

"Adakah dia, kakak? "Tanya Amelinha.

"Marilah kita periksa bersama-sama! (Belinha)

"Marilah! Amelinha bersetuju.

Langkah demi langkah, kedua-dua wanita itu melepasi pintu bilik tidur, melepasi tempat makan bilik, dan kemudian tiba di ruang tamu. Mereka berjalan ke pintu. Apabila mereka membukanya, mereka bertemu dengan Flavius yang menawan dan tersenyum lelaki.

"Selamat malam! Baiklah? Saya adalah Flavius.

"Selamat malam. Anda amat dialu-alukan. Saya Belinha yang bercakap dengan anda di komputer dan gadis manis di sebelah saya ini adalah kakak saya.

"Gembira dapat kenal awak Flavius! "Amelinha berkata.

"Gembira dapat kenal awak. Boleh saya masuk?

"Pasti! "Kedua-dua wanita itu menjawab pada masa yang sama.

Kuda jantan mempunyai laluan ke bilik dengan memerhatikan setiap perincian hiasan. Apa yang berlaku dalam minda mendidih itu? Dia terutamanya disentuh oleh setiap spesimen wanita itu. Selepas Sejenak, dia memandang jauh ke mata kedua-dua orang yang berkata:

"Adakah anda bersedia untuk apa yang telah saya lakukan?

"Siap "Mengesahkan pencinta!

Ketiga-tiga mereka berhenti keras dan berjalan jauh ke bilik rumah yang lebih besar. Dengan menutup pintu, mereka yakin syurga akan pergi ke neraka dalam masa beberapa saat. Segala-galanya sempurna: Susunan tuala, mainan seks, filem lucah yang dimainkan di televisyen siling dan muzik romantis bersemangat. Tiada apa-apa yang boleh menghilangkan keseronokan malam yang hebat.

Langkah pertama ialah duduk di tepi katil. Lelaki kulit hitam itu mula menanggalkan pakaiannya daripada kedua-dua wanita itu. Nafsu dan dahaga mereka untuk seks sangat hebat sehingga menyebabkan sedikit kebimbangan pada wanita manis itu. Dia menanggalkan bajunya yang menunjukkan torak dan perut berfungsi dengan baik oleh senaman harian di gem. Rambut purata anda di seluruh rantau ini telah menarik nafas dari gadis-gadis. Selepas itu, dia menanggalkan seluarnya yang membolehkan pandangan seluar dalam Kotaknya seterusnya menunjukkan kelantangan dan kejantanannya. Pada masa ini, dia membenarkan mereka menyentuh organ, menjadikannya lebih tegak. Tanpa rahsia, dia membuang seluar dalamnya menunjukkan semua yang Tuhan berikan kepadanya.

Dia adalah dua puluh dua sentimeter panjang, empat belas sentimeter diameter cukup untuk mendorong mereka gila. Tanpa membuang masa, mereka jatuh kepadanya. Mereka bermula dengan pendahuluan. Semasa seseorang menelan ayamnya di mulutnya, yang lain menjilat beg bajingan. Dalam operasi ini, ia telah tiga minit. Cukup lama untuk bersedia sepenuhnya untuk seks.

Kemudian dia mula menembusi satu dan kemudian ke yang lain tanpa keutamaan. Kadar pengangkutan ulang-alik yang kerap menyebabkan mengerang, jeritan, dan pelbagai syahwat berikutan perbuatan itu. Ia adalah tiga puluh minit seks faraj. Setiap separuh masa. Kemudian mereka untuk dilakukan kesimpulan dengan seks lisan dan dubur.

Kebakaran

Ia adalah malam yang sejuk, gelap dan hujan di ibu negara semua kayu belakang Pernambuco. Ada saat-saat ketika angin depan mencecah seratus kilometer sejam menakutkan saudara-saudara miskin Amelinha dan Belinha. Kedua-dua saudara perempuan yang sesat bertemu di ruang tamu kediaman sederhana mereka di kejiranan Orang suci Cristopher. Dengan tiada apa-apa yang perlu dilakukan, mereka bercakap gembira tentang perkara umum.

"Amelinha, bagaimana hari anda di pejabat ladang?

"Perkara lama yang sama: Saya menganjurkan perancangan cukai pentadbiran cukai dan kastam, menguruskan pembayaran cukai, bekerja dalam pencegahan dan memerangi pengelakan cukai. Ia menuntut kerja dan membosankan. Tetapi memberi ganjaran dan dibayar dengan baik. Dan awak? Bagaimana rutin anda di sekolah? "Tanya Amelinha.

"Di dalam kelas, saya lulus kandungan yang membimbing pelajar dengan cara yang terbaik. Saya membetulkan kesilapan dan mengambil dua telefon bimbit pelajar yang mengganggu kelas. Saya juga memberi kelas dalam tingkah laku, sikap, dinamik, dan nasihat berguna. Bagaimanapun, selain menjadi guru, saya ibu mereka. Buktinya ialah, pada dibenarkan, saya menyusup masuk ke kelas pelajar dan, bersama-sama dengan mereka, kami bermain, gelung hula, memukul dan berlari. Pada pandangan saya, sekolah adalah rumah kedau kita, dan kita mesti menjaga persahabatan dan hubungan manusia yang kita ada daripadanya," jawab Belinha.

"Cemerlang, adik perempuan saya. Kerja-kerja kami hebat kerana ia menyediakan pembinaan emosi dan interaksi yang penting antara manusia. Tidak ada manusia yang dapat hidup secara berasingan, apalagi tanpa sumber psikologi dan kewangan" menganalisis Amelinha.

"Saya setuju. Kerja adalah penting bagi kita kerana ia menjadikan kita bebas daripada empayar seksi yang berlaku di dalam kita masyarakat "kata Belinha.

"Tepat. Kita akan teruskan nilai dan sikap kita. Lelaki hanya baik di atas katil" Amelinha memerhatikan.

"Bercakap tentang lelaki, apa pendapat anda tentang Kristian? "Belinha bertanya.

"Dia memenuhi harapan saya. Selepas pengalaman sedemikian, naluri dan fikiran saya sentiasa meminta lebih banyak menimbulkan rasa tidak puas hati dalaman. Apa pendapat anda? "Tanya Amelinha.

"Ia bagus, tetapi saya juga berasa seperti anda: tidak lengkap. Saya kering cinta dan seks. Saya mahu semakin. Apa yang kita ada untuk hari ini? "Kata Belinha.

"Saya tiada idea. Malam sejuk, gelap, dan gelap. Adakah anda mendengar bunyi di luar? Terdapat banyak hujan, angin kencang, kilat, dan guruh. Saya takut! "Kata Amelinha.

"Saya juga! "Belinha mengaku.

Pada masa ini, halilintar guruh didengar di seluruh Arcoverde. Amelinha melompat di pangkuan Belinha yang menjerit kesakitan dan putus asa. Pada masa yang sama, elektrik kurang, menjadikan mereka berdua putus asa.

"Apa sekarang? Apa yang akan kita lakukan Belinha? "Tanya Amelinha.

"Lepaskan saya perempuan jahat! Saya akan mendapat lilin! "Kata Belinha.Belinha perlahan-lahan menolak kakaknya ke tepi sofa ketika dia meraba dinding untuk sampai ke dapur. Seperti rumah itu kecil, tidak mengambil masa yang lama untuk menyelesaikan operasi ini. Menggunakan kebijaksanaan, dia mengambil lilin di dalam almari dan menyalakannya dengan perlawanan yang diletakkan secara strategik di atas dapur.

Dengan pencahayaan lilin, dia dengan tenang kembali ke bilik di mana dia bertemu kakaknya dengan senyuman misteri terbuka luas di wajahnya. Apa yang dia buat?

"Anda boleh melepaskan, kakak! Saya tahu anda berfikir sesuatu" kata Belinha.

"Bagaimana jika kita memanggil jabatan bomba bandar memberi amaran tentang kebakaran? Kata Amelinha.

"Biarkan saya luruskan perkara ini. Adakah anda ingin mencipta api fiksyen untuk memikat lelaki ini? Bagaimana jika kita ditangkap? "Belinha takut.

"Rakan sekerja saya! Saya yakin mereka akan menyukai kejutan itu. Apa yang lebih baik yang perlu mereka lakukan pada malam yang gelap dan membosankan seperti ini? "Kata Amelinha.

"Awak betul. Mereka akan berterima kasih atas keseronokan. Kami akan memecahkan api yang memakan kami dari dalam. Sekarang, persoalannya datang: Siapa yang akan mempunyai keberanian untuk memanggil mereka? "Tanya Belinha.

"Saya sangat malu. Saya menyerahkan tugas ini kepada anda, kakak saya" Kata Amelinha.

"Sentiasa saya. Semua baik. Apa sahaja yang berlaku Amelinha." Belinha menyimpulkan.

Bangun dari sofa, Belinha pergi ke meja di sudut di mana telefon bimbit dipasang. Dia menghubungi nombor kecemasan jabatan bomba dan sedang menunggu untuk dijawab. Selepas beberapa sentuhan, dia mendengar suara yang mendalam dan tegas bercakap dari pihak lain.

"Selamat malam. Ini adalah jabatan bomba. Apa yang awak mahu?

"Nama saya Belinha. Saya tinggal di Kawasan kejiranan Orang suci Cristopher di Arcoverde. Saya dan kakak saya putus asa dengan semua hujan ini. Apabila elektrik keluar ke sini di rumah kami, menyebabkan litar pintas, mula membakar objek tersebut. Nasib baik, kakak saya dan saya keluar. Api perlahan-lahan memakan rumah. Kami memerlukan bantuan anggota bomba," kata gadis itu.

"Ambil mudah, kawan saya. Kami akan berada di sana tidak lama lagi. Bolehkah anda memberikan maklumat terperinci tentang lokasi anda? "Ditanya mengenai anggota bomba yang bertugas.

"Rumah saya betul-betul di Jalan Tengah, rumah ketiga di sebelah kanan. Adakah itu baik-baik saja dengan Anda?

"Saya tahu di mana ia berada. Kami akan berada di sana dalam beberapa minit. Bertenanglah,"kata anggota bomba itu.

"Kita tunggu. Terima kasih! "Terima kasih Belinha.

Kembali ke sofa dengan senyuman lebar, mereka berdua melepaskan bantal mereka dan mendengus dengan keseronokan yang mereka lakukan. Walau bagaimanapun, ini tidak disyorkan untuk dilakukan melainkan mereka berdua siapa yang suka mereka.

Kira-kira sepuluh minit kemudian, mereka mendengar ketukan di pintu dan pergi menjawabnya. Apabila mereka membuka pintu, mereka menghadapi tiga wajah ajaib, masing-masing dengan keindahan ciri-cirinya. Salah satunya berwarna hitam, enam kaki tinggi, kaki dan lengan sederhana. Satu lagi gelap, satu meter dan sembilan puluh tinggi, otot, dan arca. Satu pertiga berwarna putih, pendek, nipis, tetapi sangat suka. Budak putih itu mahu memperkenalkan dirinya:

"Hai, wanita, selamat malam! Nama saya Roberto. Lelaki di sebelah ini dipanggil Mathew dan lelaki coklat, Philip. Apakah nama anda dan di mana api itu?

"Saya Belinha, saya bercakap dengan anda di telefon. Ini orang berambut coklat di sini adalah kakak saya Amelinha. Masuk dan saya akan menerangkannya kepada anda.

"Semua baik. Mereka membawa masuk tiga anggota bomba itu pada masa yang sama.

Kumpulan memasuki rumah, dan semuanya kelihatan normal kerana elektrik telah kembali. Mereka menetap di sofa di ruang tamu bersama-sama dengan gadis-gadis. Mencurigakan, mereka untuk dilakukan perbualan.

"Api sudah berakhir, bukan? "Mathew bertanya.

"Ya. Kami sudah mengawalnya terima kasih kepada satu usaha berani" jelas Amelinha.

"Kasihan! Saya telah mahu bekerja. Di sana di berek rutin itu sangat membosankan, "kata Philip.

"Saya ada satu idea. Bagaimana dengan bekerja dengan cara yang lebih menyenangkan?" Belinha mencadangkan.

"Anda bermaksud bahawa anda adalah apa yang saya fikirkan?" Soal Philip.

"Ya. Kami adalah wanita tunggal yang suka keseronokan. bersedia untuk berseronok? "Tanya Belinha.

"Hanya jika anda pergi sekarang" jawab lelaki kulit hitam.

"Saya juga masuk" mengesahkan Lelaki coklat.

"Tunggu saya" Budak putih boleh didapati.

"Jadi mari," kata gadis-gadis itu.

Kumpulan memasuki bilik berkongsi katil berganda. Kemudian memulakan pesta seks. Belinha dan Amelinha bergilir-gilir untuk menghadiri keseronokan ketiga-tiga anggota bomba itu. Semuanya kelihatan ajaib dan tidak ada perasaan yang lebih baik daripada bersama mereka. Dengan hadiah yang pelbagai, mereka mengalami variasi seksual dan kedudukan mewujudkan gambaran yang sempurna.

Gadis-gadis itu kelihatan tidak puas hati dalam semangat seksual mereka apa yang mendorong para profesional itu marah. Mereka melalui malam melakukan hubungan seks dan keseronokan seolah-olah tidak pernah berakhir. Mereka tidak pergi sehingga mereka mendapat panggilan mendesak dari kerja. Mereka berhenti dan pergi menjawab laporan polis. Walaupun begitu, mereka tidak akan melupakan pengalaman indah itu bersama " Adik-adik sesat ".

Perundingan perubatan

Ia fajar di ibu kota pedalaman yang indah. Biasanya,

kedua-dua saudara perempuan sesat itu bangun awal. Walau bagaimanapun, apabila mereka bangun, mereka tidak berasa sihat. Ketika Amelinha terus bersin, kakaknya Belinha berasa sedikit tercekik. Fakta-fakta ini datang dari malam sebelumnya di dataran virginia perang di mana mereka minum, mencium mulut, dan mendengus dengan harmoni pada malam yang tenang.

Oleh kerana mereka tidak sihat dan tanpa kekuatan untuk apa-apa, mereka duduk di sofa secara keagamaan memikirkan apa yang perlu dilakukan kerana komitmen profesional sedang menunggu untuk diselesaikan.

"Apa yang kita lakukan, kakak? Saya benar-benar tidak bernafas dan letih" kata Belinha.

"Beritahu saya tentangnya! Saya mengalami sakit kepala dan saya mula mendapat virus. Kita hilang!" Kata Amelinha.

"Tetapi saya Jangan fikir itu adalah sebab untuk terlepas kerja! Orang bergantung kepada kami!" Kata Belinha

"Bertenang janganlah kita panik! Bagaimana dengan kita menyertai yang bagus?" Cadangkan Amelinha.

"Jangan beritahu saya anda berfikir apa yang saya fikirkan...." Belinha kagum.

"Itu betul. Marilah kita pergi ke doktor bersama-sama! Ia akan menjadi alasan yang baik untuk terlepas kerja dan siapa tahu tidak berlaku apa yang kita mahu!" Kata Amelinha

"Idea hebat! Jadi, tunggu apa lagi? Marilah kita bersiap sedia!" Tanya Belinha.

"Marilah!" Amelinha bersetuju.

Kedua-duanya pergi ke kandang masing-masing. Mereka begitu teruja dengan keputusan itu; Mereka tidak kelihatan sakit. Adakah semuanya hanya ciptaan mereka? Maafkan saya, pembaca, janganlah kita berfikir buruk dari rakan-rakan kita yang dikasihi. Sebaliknya, kami akan menemani mereka dalam bab baru yang menarik dalam kehidupan mereka.

Di dalam bilik tidur, mereka mandi di suit mereka, memakai pakaian dan kasut baru, menyikat rambut panjang mereka, memakai Perancis minyak wangi, dan kemudian pergi ke dapur. Di sana, mereka menghancurkan telur dan keju mengisi dua roti dan makan dengan jus sejuk. Segala-galanya lazat. Walaupun begitu, mereka nampaknya tidak merasakannya kerana kegelisahan dan kegelisahan di hadapan pelantikan doktor sangat besar.

Dengan segala-galanya siap, mereka meninggalkan dapur untuk keluar dari rumah. Dengan setiap langkah yang mereka ambil, hati kecil mereka berdenyut dengan pemikiran emosi dalam pengalaman yang sama sekali baru. Diberkatilah mereka semua! Keyakinan memegang mereka dan merupakan sesuatu yang perlu diikuti oleh orang lain!

Di bahagian luar rumah, mereka pergi ke garaj. Membuka pintu dalam dua percubaan, mereka berdiri di hadapan kereta merah sederhana. Walaupun rasa mereka baik di dalam kereta, mereka lebih suka yang popular untuk klasik kerana takut akan keganasan biasa yang hadir di semua kawasan Brazil.

Tanpa berlengah-lengah, gadis-gadis itu memasuki kereta yang memberikan jalan keluar dengan lembut dan kemudian salah seorang daripada mereka menutup garaj kembali ke kereta sebaik sahaja. Siapa yang memandu adalah Amelinha dengan pengalaman sudah sepuluh tahun? Belinha belum dibenarkan memandu.

Laluan pendek yang ketara antara rumah mereka dan hospital dilakukan dengan keselamatan, keharmonian, dan ketenangan. Pada masa itu, mereka mempunyai perasaan palsu bahawa mereka boleh melakukan apa sahaja. Sebaliknya, mereka takut akan kelicikan dan kebebasannya. Mereka sendiri terkejut dengan tindakan yang diambil. Ia bukan untuk apa-apa yang kurang bahawa mereka dipanggil bajingan yang baik!

Tiba di hospital, mereka menjadualkan temu janji dan menunggu untuk dipanggil. Dalam selang masa ini, mereka mengambil kesempatan untuk dilakukan makanan ringan dan bertukar mesej melalui aplikasi mudah alih dengan hamba seksual mereka yang dikasihi. Lebih sinis dan ceria daripada ini, mustahil!

Selepas beberapa ketika, ia adalah giliran mereka untuk dilihat. Tidak dapat dipisahkan, mereka memasuki pejabat penjagaan. Apabila ini berlaku, doktor hampir mengalami serangan jantung. Di hadapan mereka adalah sekeping lelaki yang jarang berlaku: Orang berambut perang tinggi, satu meter dan sembilan puluh sentimeter tinggi, berjanggut, rambut membentuk ekor kuda, lengan otot dan payudara, muka semula jadi dengan rupa malaikat. Malah sebelum mereka dapat merangka reaksi, dia menjemput:

"Duduklah, anda berdua!

"Terima kasih! "Mereka berkata kedua-duanya.

Kedua-duanya mempunyai masa untuk dilakukan analisis cepat tentang alam sekitar: Di hadapan meja perkhidmatan, doktor, kerusi di mana dia duduk dan di belakang almari. Di sebelah kanan, katil. Di dinding, lukisan ekspresi oleh pengarang Cândido Portinari menggambarkan lelaki itu dari kawasan luar bandar. Suasananya sangat selesa meninggalkan gadis-gadis dengan selesa. Suasana bersantai dipecahkan oleh aspek formal perundingan.

"Beritahu saya apa yang anda rasa, gadis!

Itu terdengar tidak rasmi kepada gadis-gadis itu. Betapa manisnya lelaki berambut perang itu! Ia pasti lazat untuk dimakan.

"Sakit kepala, ketidakselesaan dan virus! "Beritahu Amelinha.

"Saya sesak nafas dan letih! " katanya Belinha.

"Tak mengapa! Biar saya lihat! Berbaring di atas katil! "Doktor bertanya.

siapa yang hampir tidak bernafas atas permintaan ini. Profesional itu untuk dilakukan mereka melepaskan sebahagian daripada pakaian mereka dan merasakannya di pelbagai bahagian yang menyebabkan menggigil dan berpeluh sejuk. Menyedari bahawa tidak ada yang serius dengan mereka, atendan itu bergurau:

"Semuanya kelihatan sempurna! Apa yang anda mahu mereka takut? Suntikan di pantat?

"Saya suka! Sekiranya suntikan besar dan tebal lebih baik! "Kata Belinha.

"Adakah anda akan memohon perlahan-lahan, cinta? "Kata Amelinha.

"Awak sudah bertanya terlalu banyak! "Perhatikan doktor itu.

Dengan berhati-hati menutup pintu, dia jatuh pada gadis-gadis seperti haiwan liar. Pertama, dia mengambil seluruh pakaian dari badan. Ini mengasah libidonya lebih banyak lagi. Dengan benar-benar telanjang, dia mengagumi seketika makhluk-makhluk arca itu. Kemudian Ia adalah gilirannya untuk menunjuk-nunjuk. Dia memastikan mereka menanggalkan pakaian mereka. Ini meningkatkan interaksi dan keintiman antara kumpulan.

Dengan segala-galanya siap, mereka memulakan permulaan seks. Menggunakan lidah di bahagian sensitif seperti dubur, keldai, dan telinga berambut perang menyebabkan syahwat keseronokan mini pada kedua-dua wanita. Semuanya berjalan lancar walaupun seseorang terus mengetuk pintu. Tiada jalan keluar, dia mesti menjawab. Dia berjalan sedikit dan membuka pintu. Dengan berbuat demikian, dia terserempak dengan jururawat yang dipanggil: orang yang langsing, dengan kaki nipis dan sangat rendah.

"Doktor, saya mempunyai soalan mengenai ubat pesakit: adakah ia lima atau tiga ratus miligram aspirin? "Tanya Roberto menunjukkan resipi.

"Lima ratus! "Mengesahkan Alex.

Pada masa ini, jururawat melihat kaki gadis-gadis telanjang yang cuba bersembunyi. Ketawa di dalam.

"Bergurau sedikit, ya, Doktor? Jangan panggil rakan anda!

"Maafkan saya! Adakah anda mahu menyertai kumpulan itu?

"Saya suka!

"Kemudian datang!

Kedua-duanya memasuki bilik menutup pintu di belakang mereka. Lebih daripada cepat, orang dua kaum menanggalkan pakaiannya. Telanjang, dia menunjukkan tiang panjang, tebal, urat sebagai trofi. Belinha gembira dan tidak lama kemudian memberinya seks lisan. Alex juga menuntut Amelinha melakukan perkara yang sama dengannya. Selepas lisan, mereka memulakan dubur. Di bahagian ini, Belinha mendapati sangat sukar untuk berpegang pada ayam raksasa jururawat. Tetapi apabila ia memasuki lubang, keseronokan mereka sangat besar. Sebaliknya, mereka tidak merasakan apa-apa kesukaran kerana zakar mereka adalah normal.

Kemudian mereka mempunyai seks faraj dalam pelbagai jawatan. Pergerakan berulang-alik di rongga menyebabkan halusinasi di dalamnya. Selepas peringkat ini, keempat-empatnya bersatu dalam seks kumpulan. Ia adalah pengalaman terbaik di mana tenaga yang tinggal dibelanjakan. Lima belas minit kemudian, kedua-duanya habis dijual. Bagi saudara perempuan, seks tidak akan pernah berakhir, tetapi baik kerana mereka dihormati kelemahan lelaki itu. Tidak mahu mengganggu kerja mereka, mereka berhenti mengambil sijil justifikasi kerja dan telefon peribadi mereka. Mereka meninggalkan sepenuhnya tanpa membangkitkan perhatian sesiapa semasa lintasan hospital.

Tiba di tempat letak kereta, mereka memasuki kereta dan memulakan jalan kembali. Gembira kerana mereka, mereka sudah memikirkan kerosakan seksual mereka yang seterusnya. Saudara-saudari yang sesat benar-benar sesuatu!

Pelajaran Peribadi

Ia adalah petang seperti yang lain. Pendatang baru dari kerja, saudara perempuan yang sesat sibuk dengan kerja rumah.

Selepas menyelesaikan semua tugas, mereka berkumpul di dalam bilik untuk berehat sedikit. Semasa Amelinha membaca buku, Belinha menggunakan Internet mudah alih untuk melayari laman Internet kegemarannya.

Pada satu ketika, jeritan kedu dengan kuat di dalam bilik, yang menakutkan kakaknya.

"Apa itu, gadis? Adakah awak gila? "Tanya Amelinha.

"Saya baru sahaja laluan laman Internet pertandingan yang mempunyai kejutan bersyukur "memberitahu Belinha.

"Beritahu saya lagi!

"Pendaftaran mahkamah wilayah persekutuan adalah terbuka. Mari kita lakukan?

"Panggilan yang baik, kakak saya! Berapakah gaji itu?

"Lebih daripada sepuluh ribu ringgit awal.

"Sangat bagus! Tugas saya lebih baik. Walau bagaimanapun, saya akan untuk dilakukan pertandingan ini kerana saya sedang mempersiapkan diri untuk mencari acara-acara lain. Ia akan berfungsi sebagai percubaan.

"Anda melakukannya dengan baik! Anda menggalakkan saya. Sekarang, saya tidak tahu di mana untuk bermula. Bolehkah anda memberi saya petua?

"Beli kursus maya, tanya banyak soalan di laman Internet ujian, lakukan dan buat semula ujian sebelumnya, tulis ringkasan, tuntun petua dan muat turun bahan yang baik di Internet antara lain.

"Terima kasih! Saya akan mengambil semua nasihat ini! Tetapi saya memerlukan sesuatu yang lebih. Lihatlah, kakak, kerana kita mempunyai wang, bagaimana dengan kita membayar pelajaran peribadi?

"Saya tidak memikirkannya. Itulah idea inovatif! Adakah anda mempunyai sebarang cadangan untuk orang yang kompeten?

"Saya mempunyai seorang guru yang sangat cekap di sini dari Arcoverde dalam kenalan telefon saya. Lihatlah gambarnya!

Belinha memberikan telefon bimbit kakaknya. Melihat gambar budak lelaki itu, dia gembira. Selain kacak, dia pintar! Ia akan menjadi mangsa sempurna pasangan itu menyertai berguna kepada yang menyenangkan.

"Tunggu apa lagi? Dapatkan dia, kakak! Kita perlu belajar tidak lama lagi. "Amelinha berkata.

"Kamu faham! " Belinha menerima.

Bangun dari sofa, dia mula mendail nombor telefon pada pad nombor. Sebaik sahaja panggilan diubat, ia hanya akan mengambil masa beberapa saat untuk dijawab.

"Halo. Awak baik-baik sahaja?

"Semuanya hebat, Renato.

"Hantar pesanan.

"Saya melayari Internet apabila mendapati permohonan untuk pertandingan Mahkamah Wilayah Persekutuan dibuka. Saya segera menamakan fikiran saya sebagai guru yang dihormati. Adakah anda masih ingat musim sekolah?

"Saya masih ingat masa itu dengan baik. Masa yang baik mereka yang tidak kembali!

"Betul! Adakah anda mempunyai masa untuk memberi kami pelajaran peribadi?

"Apa perbualan, wanita muda! Untuk anda, saya sentiasa mempunyai masa! Tarikh apa yang kami tetapkan?

"Bolehkah kita melakukannya esok pada pukul 2.00 petang? Kita perlu bermula!

"Sudah tentu, saya lakukan! Dengan bantuan saya, saya dengan rendah hati mengatakan bahawa peluang lulus meningkat dengan sangat.

"Saya pasti!

"Betapa baiknya! Anda boleh menjangkakan saya pada jam 2:00.

"Terima kasih banyak! Jumpa awak esok!

"Jumpa awak nanti!

Belinha menutup telefon dan melakar senyuman untuk rakannya. Mengesyaki jawapannya, Amelinha bertanya:

"Bagaimana ia pergi?

"Beliau terima. Esok pada pukul 2:00 dia akan berada di sini.

"Betapa baiknya! Saraf membunuh saya!

"Ambil mudah, kakak! Ia akan baik-baik saja.

"Amen!

"Adakah kita akan menyediakan makan malam? Saya sudah lapar!

"Diingati dengan baik.!

Pasangan itu pergi dari ruang tamu ke dapur di mana dalam persekitaran yang menyenangkan bercakap, bermain, memasak antara aktiviti lain. Mereka adalah tokoh teladan saudara perempuan yang bersatu dengan kesakitan dan kesepian. Hakikat bahawa mereka adalah bajingan dalam seks hanya melayakkan mereka lebih banyak lagi. Seperti yang anda semua tahu, wanita Brazil mempunyai darah hangat.

Tidak lama selepas itu, mereka bersaudara di sekeliling meja, memikirkan kehidupan dan perubahannya.

"Makan Krim ayam yang lazat ini, saya ingat lelaki kulit hitam dan anggota bomba! Momen yang tidak pernah berlalu! "Belinha berkata!

"Beritahu saya mengenainya! Orang-orang itu lazat! Belum lagi jururawat dan doktor! Saya juga suka! "Ingat Amelinha!

"Cukup benar, kakak saya! Mempunyai tiang yang indah mana-mana lelaki menjadi menyenangkan! Semoga feminis memaafkan saya!

"Kita tidak perlu begitu radikal ...!

Kedua-duanya ketawa dan terus makan makanan di atas meja. Sejenak, tidak ada yang lain yang penting. Mereka bersendirian di dunia dan yang melayakkan mereka sebagai Dewi kecantikan dan cinta. Kerana perkara yang paling penting adalah berasa baik dan mempunyai harga diri.

Yakin dengan diri mereka sendiri, mereka meneruskan ritual keluarga. Pada akhir peringkat ini, mereka melayari Internet, mendengar muzik di stereo ruang tamu, menuntun opera sabun dan, kemudian, filem lucah. Tergesa-gesa ini menyebabkan mereka sesak nafas dan letih memaksa mereka untuk berehat di bilik masing-masing. Mereka tidak sabar-sabar menunggu keesokan harinya.

Ia tidak lama sebelum mereka jatuh ke dalam tidur yang nyenyak. Selain mimpi ngeri, malam dan subuh berlaku dalam julat normal. Sebaik sahaja subuh datang, mereka bangun dan mula mengikuti rutin biasa: Mandi, sarapan pagi, bekerja, pulang ke rumah, mandi, makan tengah hari, tidur dan bergerak ke bilik di mana mereka menunggu lawatan yang dijadualkan.

Apabila mereka mendengar mengetuk pintu, Belinha bangun dan pergi menjawab. Dengan berbuat demikian, dia terserempak dengan guru yang tersenyum. Ini menyebabkan dia kepuasan dalaman yang baik.

"Selamat datang kembali, kawan saya! Bersedia untuk mengajar kita?

"Ya, sangat, sangat bersedia! Terima kasih sekali lagi atas peluang ini! "Kata Renato.

"Marilah kita masuk! " Kata Belinha.

Budak itu tidak berfikir dua kali dan menerima permintaan gadis itu. Dia menyambut Amelinha dan pada isyaratnya, duduk di sofa. Sikap pertamanya ialah menanggalkan blaus rajutan hitam kerana terlalu panas. Dengan ini, dia meninggalkan telaganya-payudara bekerja di gem, peluh menitis, dan cahaya berkulit gelapnya. Semua butiran ini adalah perangsang semula jadi untuk kedua-dua " sesat " tersebut.

Berpura-pura tiada apa yang berlaku, perbualan dimulakan antara mereka bertiga.

"Adakah anda menyediakan kelas yang baik, profesor? " Tanya Amelinha.

"Ya! Mari kita mulakan dengan artikel apa? "Tanya Renato.

"Saya tidak tahu... "kata Amelinha.

"Bagaimana dengan kita bersenang-senang dulu? Selepas anda menanggalkan baju anda, saya basah! "Mengaku Belinha.

"Saya juga" kata Amelinha.

"Anda berdua benar-benar gila seks! Bukankah itu yang saya suka? "Kata tuan.

Tanpa menunggu jawapan, dia menanggalkan seluar birunya yang menunjukkan otot pahanya, cermin mata hitamnya menunjukkan mata biru dan akhirnya seluar dalamnya menunjukkan kesempurnaan zakar panjang, ketebalan sederhana dan dengan kepala segi tiga. Ia cukup untuk anak-anak kecil jatuh di atas dan mula menikmati badan lelaki dan riang itu. Dengan bantuannya, mereka menanggalkan pakaian mereka dan memulakan permulaan seks.

Ringkasnya, ini adalah pertemuan seksual yang indah di mana mereka mengalami banyak perkara baru. Ia adalah empat puluh minit seks liar dalam keharmonian lengkap. Pada saat-saat ini, emosi sangat hebat sehingga mereka tidak menyedari masa dan ruang. Oleh itu, mereka tidak terhingga melalui cinta Tuhan.

Apabila mereka mencapai keberahian, mereka berehat sedikit di sofa. Mereka kemudian mengkaji disiplin yang dikenakan oleh persaingan. Sebagai pelajar, kedua-duanya membantu, pintar, dan berdisiplin, yang diperhatikan oleh guru. Saya yakin mereka sedang dalam perjalanan untuk mendapatkan kelulusan.

Tiga jam kemudian, mereka berhenti menjanjikan mesyuarat kajian baru. Gembira dalam hidup, saudara-saudari yang sesat pergi untuk menjaga tugas mereka yang lain sudah memikirkan pengembaraan mereka yang seterusnya. Mereka dikenali di bandar sebagai " Yang Tak Kenyang ".

Ujian persaingan

Sudah sekian lama. Selama kira-kira dua bulan, saudara-saudari yang sesat mendedikasikan diri mereka untuk pertandingan mengikut masa yang ada. Setiap hari yang berlalu, mereka lebih bersedia untuk apa sahaja yang datang dan pergi. Pada masa yang sama, terdapat pertemuan seksual, dan, pada saat-saat ini, mereka dibebaskan.

Hari ujian akhirnya tiba. Bertolak awal dari ibu kota kawasan pedalaman, kedua-dua beradik itu mula berjalan di lebuh raya BR 232 dengan jumlah laluan sepanjang 250 km. Dalam perjalanan, mereka melewati titik-titik utama pedalaman negeri ini: Pesqueira, Taman yang cantik, Suci Cajetan, Caruaru, Gravatá, Anak lembu dan kemenangan wali Antao. Setiap bandar-bandar ini mempunyai cerita untuk diceritakan dan dari pengalaman mereka, mereka menyerap sepenuhnya. Betapa baiknya melihat pergunungan, caatinga, ladang, ladang, kampung, bandar-bandar kecil dan menghirup udara bersih yang datang dari hutan. Pernambuco adalah keadaan yang indah!

Memasuki bandar ibu kota, mereka meraikan kesedaran perjalanan yang baik. Ambil jalan utama ke kawasan kejiranan perjalanan yang baik di mana mereka akan melakukan ujian. Dalam perjalanan, mereka menghadapi lalu lintas yang sesak, sikap acuh tak acuh daripada orang yang tidak dikenali, tercemar udara, dan kekurangan bimbingan. Tetapi mereka akhirnya berjaya. Mereka memasuki bangunan masing-masing, mengenal pasti diri mereka dan memulakan ujian yang akan berlangsung selama dua tempoh. Semasa bahagian pertama ujian, mereka benar-benar memberi tumpuan kepada cabaran soalan pelbagai pilihan. Nah, yang dihuraikan oleh bank yang bertanggungjawab untuk acara itu, mendorong penjelasan yang paling pelbagai dari kedua-duanya. Pada pandangan mereka, mereka melakukannya dengan baik. Apabila mereka berehat, mereka keluar untuk makan tengah hari dan jus di sebuah restoran di hadapan bangunan. Detik-detik ini penting bagi mereka untuk mengekalkan kepercayaan, hubungan, dan persahabatan mereka.

Selepas itu, mereka kembali ke tapak ujian. Kemudian memulakan tempoh kedau acara dengan isu-isu yang berurusan dengan disiplin lain. Walaupun tanpa mengekalkan kadar yang sama, mereka masih sangat perseptif dalam respons mereka. Mereka membuktikan dengan cara ini bahawa cara terbaik untuk lulus pertandingan adalah dengan menumpukan banyak kepada kajian. Beberapa ketika kemudian, mereka menamatkan penyertaan yakin mereka. Mereka menyerahkan bukti, kembali ke kereta, bergerak ke arah pantai yang terletak berhampiran.

Dalam perjalanan, mereka bermain, menghidupkan bunyi, mengulas perlumbaan dan maju di jalan-jalan di Recife menuntun jalan-jalan yang diterangi di ibu negara kerana ia adalah Malam. Mereka kagum dengan cermin mata yang dilihat. Tidak hairanlah bandar ini dikenali sebagai "Ibu kota kawasan tropika". Set matahari memberikan alam sekitar rupa yang lebih megah. Betapa baiknya berada di sana pada masa itu!

Apabila mereka sampai ke titik baru, mereka menghampiri pantai laut dan kemudian dilancarkan ke perairannya yang sejuk dan tenang. Perasaan yang di provokasi adalah kegembiraan, kepuasan, dan kedamaian. Kehilangan jejak masa, mereka berenang sehingga mereka letih. Selepas itu, mereka berbaring di pantai dalam cahaya bintang tanpa rasa takut atau bimbang. Sihir memegang mereka dengan cemerlang.

Satu perkataan yang akan digunakan dalam kes ini ialah "Tidak dapat diukur".

Pada satu ketika, dengan pantai hampir sepi, terdapat pendekatan dua lelaki perempuan. Mereka cuba berdiri dan berlari dalam menghadapi bahaya. Tetapi mereka dihentikan oleh tangan kuat budak-budak lelaki.

"Ambil mudah, kanak-kanak perempuan! Kami tidak akan menyakiti anda! Kami hanya meminta sedikit perhatian dan kasih sayang!" Salah seorang daripada mereka bercakap.

Menghadapi nada lembut, gadis-gadis itu ketawa dengan emosi. Jika mereka mahu seks, mengapa tidak memuaskan hati mereka? Mereka adalah pakar dalam seni ini. Menjawab harapan mereka, mereka berdiri dan membantu mereka menanggalkan pakaian mereka. Mereka menghantar dua kondem dan untuk dilakukan persembahan berahi. Ia cukup untuk memandu kedua-dua lelaki itu gila.

Jatuh ke tanah, mereka saling menyayangi secara berpasangan dan pergerakan mereka untuk dilakukan goncang lantai. Mereka membenarkan diri mereka semua variasi seksual dan keinginan kedua-duanya. Pada masa penghantaran ini, mereka tidak peduli apa-apa atau sesiapa pun. Bagi mereka, mereka bersendirian di alam semesta dalam ritual cinta yang hebat tanpa prasangka. Dalam hubungan seks, mereka saling berkaitan menghasilkan kuasa yang tidak pernah dilihat. Seperti instrumen, mereka adalah sebahagian daripada kekuatan yang lebih besar dalam kesinambungan kehidupan.

Hanya keletihan memaksa mereka berhenti. Berpuas hati sepenuhnya, lelaki berhenti dan berjalan pergi. Gadis-gadis memutuskan untuk kembali ke kereta. Mereka memulakan perjalanan pulang ke kediaman mereka. Nah, mereka mengambil pengalaman mereka dan mengharapkan berita baik mengenai pertandingan yang mereka sertai. Mereka sememangnya berhak mendapat nasib terbaik di dunia.

Tiga jam kemudian, mereka pulang dengan aman. Mereka berterima kasih kepada Tuhan atas berkat yang diberikan dengan tidur. Pada hari yang lain, saya sedang menunggu lebih banyak emosi untuk kedua-dua gila itu.

Kepulangan guru

Subuh. Matahari terbit lebih awal dengan sinarnya melalui retakan tingkap yang akan menjaga wajah bayi sayang kita. Di samping itu, angin pagi yang baik membantu mewujudkan suasana di dalamnya. Betapa baiknya berpeluang hari lain dengan berkat Bapa. Perlahan-lahan, kedua-duanya bangun dari katil masing-masing di masa yang sama. Selepas mandi, pertemuan mereka berlaku di kanopi di mana mereka menyediakan sarapan bersama-sama. Ini adalah saat kegembiraan, jangkaan dan gangguan berkongsi pengalaman pada masa yang sangat hebat.

Selepas sarapan siap, mereka berkumpul di sekeliling meja dengan selesa duduk di kerusi kayu dengan sandaran untuk lajur. Semasa mereka makan, mereka bertukar-tukar pengalaman intim.

Belinha
Kakak saya, apa itu?
Amelinha

Emosi tulen! Saya masih ingat setiap perincian mayat bangang sayang itu!

Belinha

Saya juga! Saya merasakan keseronokan yang besar. Ia hampir ghaib.

Amelinha

Saya tahu! Marilah kita melakukan perkara-perkara gila ini lebih kerap!

Belinha

Saya setuju!

Amelinha

Adakah anda suka ujian?

Belinha

Saya suka. Saya mati untuk memeriksa prestasi saya!

Amelinha

Saya juga!

Sebaik sahaja mereka selesai memberi makan, gadis-gadis itu mengambil telefon bimbit mereka dengan laluan Internet mudah alih. Mereka untuk melayari ke halaman organisasi untuk menyemak maklum balas bukti. Mereka menulisnya di atas kertas dan pergi ke bilik untuk memeriksa jawapannya.

Di dalam, mereka melompat untuk kegembiraan apabila mereka melihat nota yang baik. Mereka telah berlalu! Emosi yang dirasakan tidak dapat dibendung sekarang. Setelah meraikan banyak, dia mempunyai idea terbaik: Jemput Cikgu Renato supaya mereka dapat meraikan kejayaan misi. Belinha sekali lagi bertanggungjawab dalam misi tersebut. Dia mengambil telefon dan panggilannya.

Belinha

Helo?

Renato

Hai, adakah anda baik-baik saja? Apa khabar, Belinha manis?

Belinha

Baiklah! Teka apa yang berlaku.

Renato

Jangan beritahu saya awak....

Belinha

Ya! Kami lulus peraduan!

Renato

Tahniah saya! Bukankah saya memberitahu anda?

Belinha

Saya ingin mengucapkan terima kasih atas kerjasama anda dalam segala cara. Anda faham saya, bukan?

Renato

Saya faham. Kita perlu menubuhkan sesuatu. Sebaik-baiknya di rumah anda.

Belinha

Itulah sebabnya saya menelefon. Bolehkah kita melakukannya hari ini?

Renato

Ya! Saya boleh melakukannya malam ini.

Belinha

Tertanya. Kami menjangkakan anda kemudian pada pukul lapan malam.

Renato

Semua baik. Bolehkah saya membawa abang saya?

Belinha

Sudah tentu!

Renato

Jumpa awak nanti!

Belinha

Jumpa awak nanti!

Sambungan tamat. Melihat kakaknya, Belinha mengeluarkan ketawa kebahagiaan. Ingin tahu, yang lain bertanya:

Amelinha

Jadi apa? dia datang?

Belinha

Tidak apa-apa! Pada pukul lapan malam ini kita akan bersatu semula. Dia dan abangnya akan datang! Adakah anda berfikir tentang pesta seks?

Amelinha

Beritahu saya tentangnya! Saya sudah berdenyut dengan emosi!

Belinha

Biarkan ada hati! Saya harap ia berjaya!

Amelinha

"Semuanya berjaya!

Kedua-duanya ketawa serentak mengisi persekitaran dengan getaran positif. Pada masa itu, saya tidak ragu-ragu bahawa nasib berkomplot untuk malam keseronokan untuk dua orang gila itu. Mereka telah mencapai begitu banyak peringkat bersama-sama sehingga mereka tidak akan melemahkan sekarang. Oleh itu, mereka harus terus memuja lelaki sebagai permainan seksual dan kemudian membuangnya. Itulah kaum paling sedikit yang boleh dilakukan untuk membayar penderitaan mereka. Malah, tiada wanita yang layak menderita. Atau sebaliknya, setiap wanita tidak layak mendapat kesakitan.

Masa untuk bekerja. Meninggalkan bilik sudah siap, kedua-dua saudara perempuan pergi ke garaj di mana mereka pergi di dalam kereta peribadi mereka. Amelinha membawa Belinha ke sekolah terlebih dahulu dan kemudian pergi ke pejabat ladang. Di sana, dia memancarkan kegembiraan dan memberitahu berita profesional. Untuk kelulusan pertandingan, dia menerima ucapan tahniah semua. Perkara yang sama berlaku kepada Belinha.

Kemudian, mereka pulang ke rumah dan bertemu lagi. Kemudian memulakan persediaan untuk menerima rakan sekerja anda. Hari itu berjanji akan menjadi lebih istimewa.

Tepat pada masa yang dijadualkan, mereka mendengar mengetuk pintu. Belinha, yang paling bijak daripada mereka, bangun dan menjawab. Dengan langkah yang tegas dan selamat, dia meletakkan dirinya di pintu dan membukanya dengan perlahan. Setelah selesai operasi ini, dia menggambarkan pasangan saudara lelaki itu. Dengan isyarat dari tuan rumah, mereka masuk dan menetap di sofa di ruang tamu.

Renato

Ini abang saya. Namanya ialah Ricardo.

Belinha

Bagus untuk bertemu dengan anda, Ricardo.

Amelinha

Anda dialu-alukan di sini!

Ricardo

Saya mengucapkan terima kasih kepada anda berdua. Keseronokan adalah semua milik saya!

Renato
Saya bersedia! Bolehkah kita pergi ke bilik?
Belinha
Marilah!
Amelinha
Siapa yang mendapat siapa sekarang?
Renato
Saya memilih Belinha sendiri.
Belinha
Terima kasih, Renato, terima kasih! Kita bersama-sama!
Ricardo
Saya akan gembira untuk tinggal bersama Amelinha!
Amelinha
Anda akan gementar!
Ricardo
Kita akan lihat!
Belinha
Kemudian biarkan pesta bermula!

Lelaki itu perlahan-lahan meletakkan wanita di lengan yang membawa mereka ke katil yang terletak di bilik tidur salah seorang daripada mereka. Tiba di tempat itu, mereka menanggalkan pakaian mereka dan jatuh di perabot yang indah memulakan ritual cinta dalam beberapa jawatan, bertukar pelukan dan bersubahat. Keterukan dan keseronokan begitu hebat sehingga mengerang yang dihasilkan dapat didengar di seberang jalan yang menyerang jiran-jiran. Maksud saya, tidak begitu banyak, kerana mereka sudah tahu tentang kemasyhuran mereka.

Dengan kesimpulan dari bahagian atas, pencinta kembali

ke dapur di mana mereka minum jus dengan biskut. Semasa mereka makan, mereka berbual selama dua jam, meningkatkan interaksi kumpulan. Betapa baiknya berada di sana belajar tentang kehidupan dan bagaimana untuk menjadi bahagia. Perbalahan adalah baik dengan diri sendiri dan dengan dunia mengesahkan pengalaman dan nilai-nilainya sebelum orang lain membawa kepastian tidak dapat dinilai oleh orang lain. Oleh itu, maksimum yang mereka percaya ialah "Masing-masing adalah orangnya sendiri".

Menjelang malam, mereka akhirnya mengucapkan selamat tinggal. Pelawat meninggalkan " Pyrenees yang dihormati " lebih euforia apabila memikirkan situasi baru. Dunia terus beralih ke arah kedua-dua orang kepercayaan. Semoga mereka bertuah!

Badut gila

Ahad datang dan bersamanya banyak berita di bandar. Antaranya, ketibaan sarkas bernama " bintang" yang terkenal di seluruh Brazil. Itu sahaja yang kita bincangkan di kawasan itu. Ingin tahu, kedua-dua beradik itu hadir bagi menghadiri majlis perasmian persembahan yang dijadualkan pada malam ini.

Berhampiran jadual, mereka berdua sudah bersedia untuk keluar selepas makan malam khas untuk perayaan orang yang belum berkahwin. Berpakaian untuk gala, kedua-duanya berarak serentak, di mana mereka meninggalkan rumah dan memasuki garaj. Memasuki kereta, mereka bermula dengan salah seorang daripada mereka turun dan menutup garaj.

Dengan kembalinya perkara yang sama, perjalanan boleh disambung semula tanpa sebarang masalah lagi.

Meninggalkan daerah Orang suci Christopher, menuju ke daerah Pandangan yang baik di hujung bandar yang lain, ibu kota pedalaman dengan kira-kira lapan puluh ribu penduduk. Semasa mereka berjalan di sepanjang jalan yang tenang, mereka kagum dengan seni bina, hiasan Krismas, semangat rakyat, gereja-gereja, gunung-gunung yang mereka seolah-olah bercakap tentang, pukulan wangi yang ditukar dengan penglibatan, bunyi batu kuat, minyak wangi Perancis, perbualan mengenai politik, perniagaan, masyarakat, parti, budaya timur laut, dan rahsia. Bagaimanapun, mereka benar-benar santai, cemas, gugup serta tertumpu.

Dalam perjalanan, dengan serta-merta, hujan halus jatuh. Terhadap jangkaan, kanak-kanak perempuan membuka tingkap kenderaan untuk dilakukan titisan kecil air melincirkan wajah mereka. Gerak isyarat ini menunjukkan kesederhanaan dan keaslian mereka, juara diri yang sebenar. Ini adalah pilihan terbaik untuk orang ramai. Apa gunanya menghilangkan kegagalan, kegelisahan dan kesakitan masa lalu? Mereka tidak akan membawa mereka ke mana-mana sahaja. Itulah sebabnya mereka gembira melalui pilihan mereka. Walaupun dunia menilai mereka, mereka tidak peduli kerana mereka memiliki nasib mereka. Selamat hari jadi kepada mereka!

Kira-kira sepuluh minit keluar, mereka sudah berada di tempat letak kereta yang dipasang pada sarkas. Mereka menutup kereta, berjalan beberapa meter ke halaman dalam alam sekitar. Untuk datang lebih awal, mereka duduk di peluntur pertama. Semasa anda menunggu persembahan, bir, menjatuhkan mengarut dan pukulan senyap. Tidak ada yang lebih baik daripada berada di sarkas!

Empat puluh minit kemudian, persembahan dimulakan. Antara tarikannya ialah badut bergurau, akrobat, artis perangkap, dunia kematian, ahli silap mata, dan pertunjukan muzik. Selama tiga jam, mereka menjalani detik-detik ajaib, lucu, terganggu, bermain, jatuh cinta, akhirnya, hidup. Dengan perpecahan persembahan, mereka memastikan untuk pergi ke bilik persalinan dan menyambut salah satu badut. Dia telah mencapai aksi bersorak seperti tidak pernah berlaku.

Di atas pentas, anda mesti mendapatkan garisan. Secara kebetulan, mereka adalah yang terakhir untuk masuk ke bilik persalinan. Di sana, mereka mendapati badut yang cacat, jauh dari pentas.

"Kami datang ke sini untuk mengucapkan tahniah atas persembahan hebat anda. Ada hadiah Tuhan di dalamnya! Katanya Belinha.

"Kata-kata dan gerak isyarat anda telah menggoncang semangat saya. Saya tidak tahu, tetapi saya melihat kesedihan di mata anda. Adakah saya betul?

"Terima kasih kedua-duanya atas kata-kata itu. Apa nama awak? Jawab badut.

"Nama saya Amelinha!

"Nama saya Belinha.

"Senang berjumpa dengan awak. Anda boleh memanggil saya Gilberto! Saya telah melalui kesakitan yang cukup dalam hidup ini. Salah seorang daripada mereka adalah perpisahan baru-baru ini daripada isteri saya. Anda mesti faham tidak mudah untuk berpisah dengan isteri anda selepas 20 tahun hidup, bukan? Walau apa pun, saya gembira dapat memenuhi seni saya.

"Lelaki miskin! Saya minta maaf! (Amelinha).

"Apa yang boleh kita lakukan untuk bersorak? (Belinha).

"Saya tidak tahu bagaimana. Selepas perpisahan isteri saya, saya sangat merindunya. (Gilberto).

"Kita boleh betulkan perkara ini, tak boleh, kakak? (Belinha).

"Pasti. Anda seorang lelaki yang tampan. (Amelinha)

"Terima kasih, kanak-kanak perempuan. Anda hebat. Berseru Gilberto.

Tanpa menunggu lagi, lelaki bermata putih, tinggi, kuat, bermata gelap pergi menanggalkan pakaian, dan wanita mengikuti contohnya. Telanjang, ketiga-tiga mereka masuk ke pendahuluan di sana di atas lantai. Lebih daripada pertukaran emosi dan bersumpah, seks menghiburkan mereka dan menghiburkan mereka. Dalam detik-detik ringkas itu, mereka merasakan sebahagian daripada kekuatan yang lebih besar, cinta kepada Tuhan. Melalui cinta, mereka mencapai keberahian yang lebih besar yang dapat dicapai oleh manusia.

Menamatkan perbuatan itu, mereka berpakaian dan mengucapkan selamat tinggal. Itu satu lagi langkah dan kesimpulan yang datang adalah lelaki itu serigala liar. Badut gila yang anda tidak akan lupa. Tidak lagi, mereka meninggalkan sarkas bergerak ke tempat letak kereta. Mereka masuk ke dalam kereta memulakan perjalanan pulang. Beberapa hari akan datang dijanjikan lebih banyak kejutan.

Fajar kedau telah datang lebih cantik daripada sebelumnya.

Pada awal pagi, rakan-rakan kami gembira merasakan panas matahari dan angin mengembara di wajah mereka. Perbezaan ini disebabkan oleh aspek fizikal yang sama perasaan kebebasan, kepuasan, kepuasan, dan kegembiraan yang baik. Mereka sudah bersedia, untuk, untuk menghadapi hari baru.

Walau bagaimanapun, mereka menumpukan pasukan mereka memuncak pada mengangkat mereka. Langkah seterusnya ialah pergi ke bilik dan melakukannya dengan gelandangan yang melampau seolah-olah mereka berada di negeri Bahia. Tidak menyakiti jiran-jiran kita yang dikasihi, tentu saja. Tanah semua orang kudus adalah tempat yang menakjubkan yang penuh dengan budaya, sejarah, dan tradisi sekular. Bahia hidup lama.

Di bilik mandi, mereka menanggalkan pakaian mereka dengan perasaan pelik mereka tidak bersendirian. Siapa yang pernah mendengar legenda bilik mandi berambut perang? Selepas maraton filem seram, adalah perkara biasa untuk menghadapi masalah dengannya. Dalam sekelip mata, mereka mengangguk kepala mereka cuba menjadi lebih senyap. Tiba-tiba, ia datang kepada minda masing-masing, laluan politik mereka, pihak warganegara mereka, pihak profesional, agama, dan aspek seksual mereka. Mereka berasa baik untuk menjadi peranti yang tidak sempurna. Mereka yakin bahawa kualiti dan kecacatan menambah keperibadian mereka.

Tambahan pula, mereka mengunci diri mereka di bilik mandi. Dengan membuka bilik mandi, mereka membiarkan air panas mengalir melalui badan berpeluh kerana panas malam sebelumnya. Cecair berfungsi sebagai pemangkin menyerap semua perkara yang menyedihkan. Itulah yang mereka perlukan sekarang: melupakan kesakitan, trauma, kekecewaan, kegelisahan yang cuba mencari harapan baru. Tahun semasa adalah penting dalam hal itu. Giliran yang hebat dalam setiap aspek kehidupan.

Proses pembersihan dimulakan dengan menggunakan span tumbuhan, sabun, Syampu, sebagai tambahan kepada Air. Pada masa ini, mereka merasakan salah satu keseronokan terbaik yang memaksa anda untuk mengingati tiket di terumbu dan pengembaraan di pantai. Secara intuitif, semangat liar mereka meminta lebih banyak pengembaraan dalam apa yang mereka tetap menganalisis secepat mungkin. Keadaan ini digemari oleh cuti yang dicapai di tempat kerja kedua-duanya sebagai hadiah dedikasi kepada perkhidmatan awam.

Selama kira-kira 20 minit, mereka mengetepikan sedikit gol mereka untuk menjalani momen termenung dalam keintiman masing-masing. Pada akhir aktiviti ini, mereka keluar dari tandas, mengelap badan basah dengan tuala, memakai pakaian dan kasut yang bersih, memakai minyak wangi Switzerland, solek yang diimport dari Jerman dengan cermin mata hitam dan tiara yang benar-benar bagus. Benar-benar bersedia, mereka bergerak ke cawan dengan dompet mereka di jalur dan menyambut diri mereka gembira dengan perjumpaan itu terima kasih kepada Tuhan yang baik.

Dengan kerjasama, mereka menyediakan sarapan iri hati: krim jagung dalam sos ayam, sayur-sayuran, buah-buahan, kopi krim, dan keropok. Dalam bahagian yang sama, makanan dibahagikan. Mereka menggantikan detik-detik berdiam diri dengan pertukaran kata-kata ringkas kerana mereka sopan.

Selesai sarapan pagi, tidak ada jalan keluar melebihi apa yang mereka maksudkan.

"Apa yang anda cadangkan, Belinha? Saya bosan!

"Saya mempunyai idea yang bijak. Ingat bahawa orang yang kita temui di pesta sastera?

"Saya ingat. Beliau adalah seorang penulis, dan namanya adalah Ilahi.

"Saya mempunyai nombornya. Bagaimana dengan kita berhubung? Saya ingin tahu di mana dia tinggal.

"Saya juga. Idea yang hebat. buat. Saya akan menyukainya.

"Baiklah!

Belinha membuka dompetnya, mengambil telefonnya, dan mula mendail. Dalam beberapa saat, seseorang menjawab baris, dan perbualan bermula.

"Halo.

"Hai, Ilahi. Baiklah?

"Baiklah, Belinha. Macam mana semua?

"Kami baik-baik saja. Lihat, adakah jemputan itu masih aktif? Saya dan kakak ingin mengadakan persembahan khas malam ini.

"Sudah tentu saya buat. Anda tidak akan menyesal. Di sini kita mempunyai gergaji, alam semula jadi yang banyak, udara segar di luar syarikat yang hebat. Saya juga boleh didapati hari ini.

"Betapa indahnya. Baiklah, tunggu kami di pintu masuk kampung. Dalam masa 30 minit kita berada di sana.

"Tidak apa-apa. Jumpa awak nanti!

"Jumpa awak nanti!

Panggilan tamat. Dengan rempuhan tersengih, Belinha kembali berkomunikasi dengan kakaknya.

"Dia berkata ya. Apa kata kita?

"Ayuh. Apa yang kita tunggu?

Kedua-dua perarakan dari cawan ke pintu keluar rumah, menutup pintu di belakang mereka dengan kunci. Kemudian mereka berpindah ke garaj. Mereka memandu kereta keluarga rasmi, meninggalkan masalah mereka di belakang menunggu kejutan dan emosi baru di tanah yang paling penting di dunia. Melalui bandar, dengan bunyi yang kuat, menyimpan sedikit harapan mereka untuk diri mereka sendiri. Ia bernilai segala-galanya pada masa itu sehingga saya memikirkan peluang untuk bahagia selama-lamanya.

Dengan masa yang singkat, mereka mengambil sebelah kanan lebuh raya BR 232. Jadi, ia memulakan kursus untuk pencapaian dan kebahagiaan. Dengan kelajuan sederhana, mereka dapat menikmati landskap gunung di tepi trek. Walaupun ia adalah persekitaran yang diketahui, setiap laluan terdapat lebih daripada sesuatu yang baru. Ia adalah diri yang ditemui semula.

Melalui tempat, ladang, kampung, awan biru, abu dan mawar, udara kering dan suhu panas pergi. Dalam masa yang diprogramkan, mereka datang ke pintu masuk yang paling bersejarah di pedalaman Brazil. Mimoso kolonel, psikik, Konsep Tak bernoda, dan orang yang mempunyai keupayaan intelektual yang tinggi.

Apabila mereka berhenti di pintu masuk daerah, mereka mengharapkan rakan tersayang anda dengan senyuman yang sama seperti biasa. Petanda yang baik bagi mereka yang mencari pengembaraan. Keluar dari kereta, mereka pergi menemui rakan sekerja mulia yang menerima mereka dengan pelukan menjadi tiga kali ganda. Sekejap ini nampaknya tidak berakhir. Mereka sudah diulang, mereka mula mengubah kesan pertama.

"Bagaimana kamu, Ilahi? Tanya Belinha.

"Baik, bagaimana kamu? Sesuai dengan psikik.

"Hebat! (Belinha).

"Lebih baik daripada sebelumnya, melengkapkan Amelinha.

"Saya mempunyai idea yang bagus. Bagaimana dengan kita naik gunung Ororubá? Di sana betul-betul lapan tahun yang lalu bahawa laluan saya dalam kesusasteraan bermula.

"Apa keindahan! Ia akan menjadi penghormatan! (Amelinha).

"Bagi saya juga! Saya suka alam semula jadi. (Belinha).

"Jadi, mari kita pergi sekarang. (Aldivan).

Menandatangani untuk mengikuti, rakan misteri kedua-dua beradik itu maju di jalan-jalan di pusat bandar. Di sebelah kanan, memasuki tempat peribadi dan berjalan kira-kira seratus meter meletakkannya di bahagian bawah gergaji. Mereka berhenti cepat, supaya mereka boleh berehat dan hidrat. Bagaimana rasanya mendaki gunung selepas semua pengembaraan ini? Perasaan itu adalah kedamaian, pengumpulan, keraguan dan keraguan. Ia seperti kali pertama dengan semua cabaran yang dikenakan oleh nasib. Tiba-tiba, rakan-rakan menghadapi penulis hebat dengan senyuman.

"Bagaimana semuanya bermula? Apa maksudnya kepada awak? (Belinha).

"Pada tahun 2009, hidup saya berkisar kepada monotoni. Apa yang untuk dilakukankah saya hidup adalah kehendak untuk luaran apa yang saya rasakan di dunia. Ketika itulah saya mendengar gunung ini dan kuasa guanya yang indah. Tiada jalan keluar, saya memutuskan untuk mengambil peluang bagi pihak impian saya. Saya mengemas beg saya, mendaki gunung, melakukan tiga cabaran yang saya diiktiraf memasuki gua putus asa, gua yang paling mematikan dan berbahaya di dunia. Di dalamnya, saya telah mengatasi cabaran besar dengan berakhir untuk sampai ke ruang. Pada masa itu keberahian bahawa keajaiban itu berlaku, saya menjadi psikik, makhluk yang maha kuasa melalui visinya. Setakat ini, terdapat dua puluh lagi pengembaraan dan saya tidak akan berhenti begitu cepat. Terima kasih kepada pembaca, secara beransur-ansur, saya mencapai matlamat saya untuk menakluk dunia .

"Menarik. Saya peminat awak. (Amelinha).

"Menyentuh. Saya tahu bagaimana perasaan anda untuk melaksanakan tugas ini lagi. (Belinha).

"Cemerlang. Saya merasakan campuran perkara yang baik termasuk kejayaan, iman, cakar, dan keyakinan. Itu memberi saya tenaga yang baik, kata psikik.

"Bagus. Nasihat apa yang anda berikan kepada kami?

"Marilah kita kekalkan fokus. Adakah anda bersedia untuk mengetahui lebih baik untuk diri anda sendiri? (tuan).

"Boleh. Mereka bersetuju dengan kedua-duanya.

"Kalau begitu ikut saya.

Ketiga-tiga mereka telah menyambung semula perusahaan itu. Matahari menghangatkan, angin bertiup sedikit lebih kuat, burung terbang dan menyanyi, batu-batu dan duri seolah-olah bergerak, goncang tanah dan suara gunung mula bertindak. Inilah persekitaran yang terdapat pada pendakian gergaji.

Dengan banyak pengalaman, lelaki di dalam gua membantu wanita sepanjang masa. Bertindak seperti ini, beliau meletakkan kebaikan praktikal yang penting sebagai perpaduan dan kerjasama. Sebagai balasan, mereka meminjamkan haba manusia dan dedikasi yang tidak sama rata. Kita boleh mengatakan bahawa trio yang tidak dapat diatasi, tidak dapat dihalang dan kompeten.

Sedikit demi sedikit, mereka naik langkah demi langkah kebahagiaan. Walaupun pencapaian yang besar, mereka tetap tidak mengenal penat lelah dalam usaha mereka. Dalam sekul, mereka melambatkan rentak berjalan sedikit, tetapi memastikan ia stabil. Seperti kata pepatah, perlahan-lahan pergi jauh. Kepastian ini mengiringi mereka sepanjang masa mewujudkan spektrum rohani pesakit, berhati-hati, toleransi dan mengatasi. Dengan unsur-unsur ini, mereka mempunyai iman untuk mengatasi sebarang kesukaran.

Titik seterusnya, batu suci, menyimpulkan sepertiga kursus. Terdapat rehat yang singkat, dan mereka menikmatinya untuk berdoa, mengucapkan terima kasih, untuk mencerminkan dan merancang langkah seterusnya. Dalam langkah yang betul, mereka ingin memenuhi harapan mereka, ketakutan mereka, kesakitan, penyeksaan, dan kesedihan mereka. Kerana mempunyai iman, kedamaian yang tidak dapat dilupakan memenuhi hati mereka.

Dengan but semula perjalanan, ketidakpastian, keraguan, dan kekuatan pulangan yang tidak dijangka untuk bertindak.

Walaupun ia mungkin menakutkan mereka, mereka melakukan keselamatan berada di hadapan Tuhan dan sedikit bercambah di pedalaman. Tiada apa-apa atau sesiapa yang boleh membahayakan mereka hanya kerana Tuhan tidak akan membenarkannya. Mereka menyedari perlindungan ini pada setiap saat sukar kehidupan di mana orang lain hanya meninggalkan mereka. Tuhan adalah satu-satunya sahabat kita yang setia.

Selanjutnya, mereka separuh jalan. Pendakian tetap dijalankan dengan lebih dedikasi. Bertentangan dengan apa yang biasanya berlaku dengan pendaki biasa, irama membantu motivasi, kehendak, dan penghantaran. Walaupun mereka bukan atlet, ia adalah luar biasa prestasi mereka kerana sihat dan komited muda.

Selepas menyelesaikan tiga suku laluan, jangkaan datang ke tahap yang tidak tertanggung. Berapa lama mereka perlu menunggu? Pada tekanan sekejap ini, perkara terbaik yang perlu dilakukan ialah cuba mengawal momentum rasa ingin tahu. Semua berhati-hati sekarang disebabkan oleh tindakan pasukan lawan.

Dengan sedikit masa lagi, mereka akhirnya menyelesaikan laluan. Matahari bersinar lebih cerah, cahaya Tuhan menyala mereka dan keluar dari jejak, penjaga, dan anaknya Renato. Segala-galanya benar-benar dilahirkan semula di tengah-tengah anak-anak kecil yang cantik itu. Mereka berhak mendapat rahmat itu kerana telah bekerja keras. Langkah seterusnya psikik adalah untuk menghadapi pelukan yang ketat dengan para dermawannya. Rakan-rakannya mengikutinya dan untuk dilakukan pelukan kumpulan.

" Baik untuk melihat anda, anak Tuhan! Saya tidak melihat anda dalam masa yang lama! Naluri ibu saya memberi amaran kepada saya tentang pendekatan anda, kata wanita nenek moyang itu.

"Saya gembira! Ia seperti saya ingat pengembaraan pertama saya. Terdapat begitu banyak emosi. Gunung, cabaran, gua, dan perjalanan masa telah menandakan kisah saya. Kembali ke sini membawa saya kenangan yang baik. Sekarang, saya membawa bersama saya dua pahlawan yang mesra. Mereka memerlukan pertemuan ini dengan yang suci.

"Apa nama awak, wanita? Ditanya penjaga Gunung.

"Nama saya Belinha, dan saya seorang juruaudit.

"Nama saya Amelinha, dan saya seorang guru. Kami tinggal di Arcoverde.

"Selamat datang, tuan-tuan. (Penjaga Gunung.).

"Kami bersyukur! Berkata dalam masa yang sama, kedua-dua pelawat dengan air mata mengalir melalui mata mereka.

"Saya juga suka persahabatan baharu. Berada di sebelah tuan saya sekali lagi memberi saya keseronokan istimewa dari mereka yang tidak dapat dipertahankan. Satu-satunya orang yang tahu bagaimana memahami bahawa kita berdua. Bukankah itu betul, rakan kongsi? (Renato).

"Anda tidak pernah berubah, Renato! Kata-kata anda tidak ternilai. Dengan segala kegilaan saya, mencari dia adalah salah satu perkara baik dari takdir saya.

Rakan saya dan abang saya menjawab psikik tanpa mengira kata-kata. Mereka keluar secara semula jadi untuk perasaan sebenar yang menyuburkan untuknya.

"Kami sesuai dengan langkah yang sama. Itulah sebabnya kisah kami berjaya, kata pemuda itu.

"Betapa senangnya dalam cerita ini. Saya tidak tahu betapa istimewanya gunung itu dalam laluannya, penulis sayang, kata Amelinha.

"Dia benar-benar terpuji, kakak. Selain itu, rakan-rakan anda benar-benar baik. Kita hidup fiksyen sebenar dan itulah perkara yang paling indah di sana. (Belinha).

"Kami menghargai pujian itu. Walau bagaimanapun, anda mesti bosan dengan usaha yang digunakan semasa mendaki. Bagaimana dengan kita pulang ke rumah? Kami sentiasa mempunyai sesuatu untuk ditawarkan. (Puan).

"Kami telah mengambil peluang untuk mengikuti perbualan kami. Saya sangat merindu Renato.

"Saya rasa ia hebat. Bagi wanita, apa yang anda katakan?

"Saya akan suka. (Belinha).

"Kami akan!

"Kalau begitu lepaskan kami! Telah melengkapkan tuan.

Kumpulan mula berjalan mengikut urutan yang diberikan oleh tokoh hebat itu. Segera, pukulan sejuk melalui rangka kelas yang letih. Siapa wanita itu dan kuasa apa yang dia ada? Walaupun begitu banyak detik bersama, misteri itu tetap terkunci sebagai pintu kepada tujuh kunci. Mereka tidak akan tahu kerana ia adalah sebahagian daripada rahsia gunung. Pada masa yang sama, hati mereka kekal di kabus. Mereka habis menderma cinta dan tidak menerima, memaafkan, dan mengecewakan lagi. Bagaimanapun, sama ada mereka terbiasa dengan realiti kehidupan atau mereka akan menderita banyak. Oleh itu, mereka memerlukan nasihat.

Langkah demi langkah, mereka akan mengatasi halangan. Seketika, mereka mendengar jeritan yang mengganggu. Dengan satu pandangan, bos menenangkan mereka. Itulah rasa hierarki, sementara yang paling kuat dan paling berpengalaman dilindungi, para hamba kembali dengan dedikasi, penyembahan, dan persahabatan. Ia adalah jalan dua hala.

Malangnya, mereka akan menguruskan berjalan kaki dengan hebat dan lembut. Idea apa yang telah melalui kepala Belinha? Mereka berada di tengah-tengah semak yang diserbu oleh haiwan jahat yang boleh menyakiti mereka. Selain itu, terdapat duri dan batu runcing di kaki mereka. Oleh kerana setiap keadaan mempunyai pandangannya, kerana ada satu-satunya peluang untuk memahami diri anda dan keinginan anda, sesuatu defisit dalam kehidupan pelawat. Tidak lama kemudian, ia bernilai pengembaraan.

Seterusnya separuh jalan di sana, mereka akan berhenti. Berhampiran sana, terdapat kebun. Mereka menuju ke syurga. Dalam kiasan kepada kisah kitab suci, mereka berasa bebas dan bersepadu dengan alam semula jadi. Seperti kanak-kanak, mereka bermain memanjat pokok, mereka mengambil buah-buahan, mereka turun dan memakannya. Kemudian mereka bermeditasi. Mereka belajar sebaik sahaja kehidupan diubat oleh saat-saat. Sama ada mereka sedih atau gembira, adalah baik untuk menikmati mereka semasa kita masih hidup.

Dalam sekelip mata, mereka mandi menyegarkan di tasik yang dilampirkan. Fakta ini menimbulkan kenangan yang baik sekali, pengalaman yang paling luar biasa dalam hidup mereka. Betapa bagusnya menjadi seorang kanak-kanak! Betapa sukarnya untuk membesar dan menghadapi kehidupan dewasa. Hidup dengan yang palsu, kebohongan dan palsu orang.

Bergerak, mereka menghampiri takdir. Di sebelah kanan di laluan, anda sudah dapat melihat hotel mudah. Itulah tempat perlindungan orang-orang yang paling indah dan misteri di gunung. Mereka hebat, apa yang membuktikan bahawa nilai seseorang tidak ada dalam apa yang dimilikinya. Bangsawan jiwa adalah watak, dalam sikap amal dan kaunseling. Oleh itu, kata pepatah: rakan di dataran lebih baik daripada wang yang disimpan di bank.

Beberapa langkah ke hadapan, mereka berhenti di hadapan pintu masuk kabin. Adakah mereka akan mendapat jawapan kepada pertanyaan dalaman anda? Hanya masa yang boleh menjawab soalan ini dan lain-lain. Yang penting tentang perkara ini ialah mereka berada di sana untuk apa sahaja yang datang dan pergi.

Mengambil peranan tuan rumah, penjaga membuka pintu, memberi orang lain laluan ke bahagian dalam rumah. Mereka memasuki kosong, memerhatikan segala-galanya secara meluas. Mereka kagum dengan kelazatan tempat yang diwakili oleh hiasan, objek, perabot, dan iklim misteri. Bercanggah, terdapat lebih banyak kekayaan dan kepelbagaian budaya daripada di banyak istana. Jadi, kita boleh berasa gembira dan lengkap walaupun dalam persekitaran yang rendah hati.

Satu demi satu, anda akan menetap di lokasi yang tersedia, kecuali Renato pergi ke dapur untuk menyediakan makan tengah hari. Iklim awal rasa malu dipecahkan.

"Saya ingin mengenali anda dengan lebih baik, kanak-kanak perempuan.

"Kami dua gadis dari bandar Arcoverde. Kami gembira secara profesional, tetapi kalah dalam cinta. Sejak saya dikhianati oleh pasangan lama saya, saya kecewa, Mengaku Belinha.

"Ketika itulah kami memutuskan untuk kembali kepada lelaki. Kami untuk dilakukan pakatan untuk memikat mereka dan menggunakannya sebagai objek. Kami tidak akan menderita lagi, kata Amelinha.

"Saya beri mereka semua sokongan saya. Saya bertemu dengan mereka di khalayak ramai dan kini peluang mereka telah datang untuk melawat di sini. (Anak Tuhan)

"Menarik. Ini adalah tindak balas semula jadi terhadap penderitaan kekecewaan. Walau bagaimanapun, ia bukan cara terbaik untuk diikuti. Menilai keseluruhan spesies oleh sikap seseorang adalah kesilapan yang jelas. Masing-masing mempunyai keperibadiannya. Wajah suci dan tidak tahu malu anda ini boleh menimbulkan lebih banyak konflik dan kesenangan. Terpulang kepada anda untuk mencari titik yang betul dalam cerita ini. Apa yang boleh saya lakukan ialah sokongan seperti yang dilakukan oleh rakan anda dan menjadi aksesori kepada cerita ini menganalisis semangat suci gunung.

"Saya akan benarkan. Saya mahu mencari diri saya di kuil ini. (Amelinha).

"Saya juga terima persahabatan anda. Siapa tahu saya akan berada di opera sabun yang hebat? Mitos gua dan gunung kelihatan begitu sekarang. Bolehkah saya untuk dilakukan hajat? (Belinha).

"Sudah tentu sayang.

"Entiti gunung boleh mendengar permintaan pemimpin yang rendah hati kerana ia telah berlaku kepada saya. Mempunyai iman! (anak Tuhan).

"Saya sangat kafir. Tetapi jika anda berkata demikian, saya akan cuba. Saya meminta kesimpulan yang berjaya untuk kita semua. Biarkan setiap daripada anda menjadi kenyataan dalam bidang utama kehidupan.

"Saya memberikannya! Guruh suara yang dalam di tengah-tengah bilik.

Kedua-dua mereka telah melompat ke tanah. Sementara itu, yang lain ketawa dan menangis pada reaksi kedua-duanya. Fakta itu lebih kepada tindakan nasib. Terkejut sekali. Tidak ada yang dapat meramalkan apa yang berlaku di atas gunung. Oleh kerana seorang India yang terkenal telah meninggal dunia di tempat kejadian, sensasi realiti telah meninggalkan ruang untuk ghaib, misteri dan yang luar biasa.

"Apa itu guruh itu? Saya berjabat setakat ini, mengaku Amelinha.

"Saya mendengar apa yang dikatakan suara itu. Dia mengesahkan hasrat saya. Adakah saya bermimpi? Tanya Belinha.

"Mukjizat berlaku! Dalam masa, anda akan tahu dengan tepat apa maksudnya untuk mengatakan ini, kata tuannya.

"Saya percaya di gunung, dan anda juga mesti mempercayainya. Melalui keajaibannya, saya tetap yakin dan selamat dengan keputusan saya. Jika kita gagal sekali, kita boleh mulakan semula. Selalu ada harapan bagi mereka yang masih hidup - yakin dukun psikik menunjukkan isyarat di atas bumbung.

"Cahaya. Apa maksudnya? (Belinha).

"Ia sangat cantik dan terang. (Amelinha).

"Ia adalah cahaya persahabatan abadi kita. Walaupun dia hilang secara fizikal, dia akan tetap utuh di dalam hati kita. (Penjaga

"Kita semua ringan, walaupun dengan cara yang berbeza. Takdir kita adalah kebahagiaan. (Psikik).

Di sinilah Renato masuk dan untuk dilakukan cadangan.

"Sudah tiba masanya kami keluar dan menemui beberapa rakan. Masa untuk bersenang-senang telah datang.

"Saya menantikannya. (Belinha)

"Tunggu apa lagi? Sudah tiba masanya. (JERITAN)

Kuartet keluar di dalam hutan. Kadar langkah adalah pantas apa yang mendedahkan penderitaan dalaman watak-watak. Persekitaran luar bandar Mimoso menyumbang kepada cermin mata alam semula jadi. Apakah cabaran yang akan anda hadapi? Adakah haiwan yang sengit berbahaya? Mitos gunung boleh menyerang pada bila-bila masa yang agak berbahaya. Tetapi keberanian adalah kualiti yang dibawa oleh semua orang di sana. Tiada apa yang akan menghalang kebahagiaan mereka.

Masanya telah tiba. Dalam pasukan aset, terdapat seorang lelaki kulit hitam, Renato, dan orang berambut perang. Dalam pasukan pasif ialah Ilahi, Belinha dan Amelinha. Dengan pasukan yang dibentuk, keseronokan bermula di kalangan kelabu hijau dari hutan negara.

Lelaki hitam itu tarikh Ilahi. Renato Tarikh Amelinha dan lelaki berambut perang itu tarikh Belinha. Seks kumpulan bermula pada pertukaran tenaga antara keenam-enam. Mereka semua untuk semua orang untuk satu. Dahaga untuk seks dan keseronokan adalah perkara biasa bagi semua. Menukar kedudukan, masing-masing mengalami sensasi yang unik. Mereka mencuba seks dubur, seks faraj, seks lisan, seks kumpulan antara seks lain. Itu membuktikan cinta bukan dosa. Ia adalah perdagangan tenaga asas untuk evolusi manusia. Tanpa rasa bersalah, mereka cepat bertukar pasangan, yang memberikan pelbagai syahwat. Ia adalah campuran keberahian yang melibatkan kumpulan. Mereka menghabiskan berjam-jam melakukan hubungan seks sehingga mereka letih.

Lagipun selesai, mereka kembali ke kedudukan awal mereka. Masih banyak yang perlu ditemui di gunung itu.

Lawatan di bandar Pesqueira

Pagi Isnin lebih cantik daripada sebelumnya. Pada awal pagi, rakan-rakan kami mendapat keseronokan merasakan panas matahari dan angin mengembara di wajah mereka. Perbezaan ini disebabkan oleh aspek fizikal yang sama perasaan kebebasan, kepuasan, kepuasan, dan kegembiraan yang baik. Mereka sudah bersedia, untuk, untuk menghadapi hari baru.

Pada pemikiran kedau, mereka menumpukan kekuatan mereka yang memuncak pada mengangkat mereka. Langkah seterusnya ialah pergi ke bilik dan melakukannya dengan gelandangan yang melampau seolah-olah mereka dari negeri Bahia. Tidak menyakiti jiran-jiran kita yang dikasihi, tentu saja. Tanah semua orang kudus adalah tempat yang menakjubkan yang penuh dengan budaya, sejarah, dan tradisi sekular. Bahia hidup lama!

Di bilik mandi, mereka menanggalkan pakaian mereka

dengan perasaan pelik mereka tidak bersendirian. Siapa yang pernah mendengar legenda bilik mandi berambut perang? Selepas maraton filem seram, adalah perkara biasa untuk menghadapi masalah dengannya. Dalam sekelip mata, mereka mengangguk kepala mereka cuba menjadi lebih senyap. Tiba-tiba, ia datang kepada minda masing-masing laluan politik mereka, pihak warganegara mereka, pihak profesional, agama, dan aspek seksual mereka. Mereka berasa baik untuk menjadi peranti yang tidak sempurna. Mereka yakin bahawa kualiti dan kecacatan menambah keperibadian mereka.

Mereka mengunci diri di bilik mandi. Dengan membuka bilik mandi, mereka membiarkan air panas mengalir melalui badan berpeluh kerana panas malam sebelumnya. Cecair berfungsi sebagai pemangkin menyerap semua perkara yang menyedihkan. Itulah yang mereka perlukan sekarang: lupakan kesakitan, trauma, kekecewaan, kegelisahan yang cuba mencari harapan baru. tahun semasa sangat penting di dalamnya. Giliran yang hebat dalam setiap aspek kehidupan.

Proses pembersihan dimulakan dengan penggunaan pengelap badan, sabun, syampu di luar air. Pada masa ini, mereka merasakan salah satu keseronokan terbaik yang memaksa mereka untuk mengingati laluan di terumbu dan pengembaraan di pantai. Secara intuitif, semangat liar mereka meminta lebih banyak pengembaraan dalam apa yang mereka tetap menganalisis secepat mungkin. Keadaan ini digemari oleh cuti yang dicapai di tempat kerja kedua-duanya sebagai hadiah dedikasi kepada perkhidmatan awam.

Selama kira-kira 20 minit, mereka mengetepikan sedikit gol mereka untuk menjalani momen termenung dalam keintiman masing-masing. Pada akhir aktiviti ini, mereka keluar dari tandas, mengelap badan basah dengan tuala, memakai pakaian dan kasut yang bersih, memakai minyak wangi Switzerland, solek yang diimport dari Jerman dengan cermin mata hitam dan tiara yang benar-benar bagus. Benar-benar bersedia, mereka bergerak ke cawan dengan dompet mereka di jalur dan menyambut diri mereka gembira dengan perjumpaan itu terima kasih kepada Tuhan yang baik.

Dengan kerjasama mereka menyediakan sarapan iri hati, sos ayam, sayur-sayuran, buah-buahan, kopi krim, dan keropok. Dalam bahagian yang sama, makanan dibahagikan. Mereka menggantikan detik-detik berdiam diri dengan pertukaran kata-kata ringkas kerana mereka sopan. Selesai sarapan pagi, tidak ada jalan keluar yang tersisa daripada yang mereka maksudkan.

"Apa yang anda cadangkan, Belinha? Saya bosan!

"Saya mempunyai idea yang bijak. Ingat lelaki yang kami temui di khalayak ramai?

"Saya ingat. Beliau adalah seorang penulis, dan namanya adalah Ilahi.

"Saya mempunyai nombor telefonnya. Bagaimana dengan kita berhubung? Saya ingin tahu di mana dia tinggal.

"Saya juga. Idea yang hebat. Saya suka.

"Baiklah!

Belinha membuka dompetnya, mengambil telefonnya, dan mula mendail. Dalam beberapa saat, seseorang menjawab baris, dan perbualan bermula.

"Halo.

"Hai, Ilahi, bagaimana kamu?

"Baiklah, Belinha. Macam mana semua?

"Kami baik-baik saja. Lihat, adakah jemputan itu masih aktif? Saya dan kakak ingin mengadakan persembahan khas malam ini.

"Sudah tentu saya buat. Anda tidak akan menyesal. Di sini kita mempunyai gergaji, alam semula jadi yang banyak, udara segar di luar syarikat yang hebat. Saya juga boleh didapati hari ini.

"Betapa hebatnya! Kemudian tunggu kami di pintu masuk kampung. Dalam masa 30 minit kita berada di sana.

"Baiklah! Jadi, sehingga itu!

"Jumpa awak nanti!

Panggilan tamat. Dengan rempuhan tersengih, Belinha kembali berkomunikasi dengan kakaknya.

"Dia berkata ya. Adakah kita akan pergi?

"Ayuh! Apa yang kita tunggu?

Kedua-dua perarakan dari cawan ke pintu keluar rumah menutup pintu di belakang mereka dengan kunci. Kemudian pergi ke garaj. Mengemudi kereta keluarga rasmi, meninggalkan masalah mereka di belakang menunggu kejutan dan emosi baru di tanah yang paling penting di dunia. Melalui bandar, dengan bunyi yang kuat, menyimpan sedikit harapan mereka untuk diri mereka sendiri. Ia bernilai segala-galanya pada masa itu sehingga saya memikirkan peluang untuk bahagia selama-lamanya.

Dengan masa yang singkat, mereka mengambil sebelah kanan lebuh raya BR 232. Oleh itu, mulakan kursus untuk pencapaian dan kebahagiaan. Dengan kelajuan sederhana, mereka dapat menikmati landskap gunung di tepi trek.

Walaupun ia adalah persekitaran yang diketahui, setiap laluan terdapat lebih daripada sesuatu yang baru. Ia adalah diri yang ditemui semula.

Melalui tempat, ladang, kampung, awan biru, abu dan mawar, udara kering dan suhu panas pergi. Dalam masa yang diprogramkan, mereka datang ke pintu masuk pedalaman negeri Pernambuco. Mimoso kolonel, psikik, Konsep Tak bernoda, dan orang yang mempunyai keupayaan intelektual yang tinggi.

Apabila anda berhenti di pintu masuk daerah, anda mengharapkan rakan tersayang anda dengan senyuman yang sama seperti biasa. Petanda yang baik bagi mereka yang mencari pengembaraan. Keluar dari kereta, pergi menemui rakan sekerja mulia yang menerima mereka dengan pelukan menjadi tiga kali ganda. Sekejap ini nampaknya tidak berakhir. Mereka sudah diulang, mereka mula mengubah kesan pertama.

"Bagaimana kamu, Ilahi? (Belinha)

"Baiklah, bagaimana dengan awak? (Psikik)

"Hebat! (Belinha)

"Lebih baik daripada sebelumnya "(Amelinha)

"Saya mempunyai idea yang hebat, bagaimana dengan kita naik gunung Ororubá? Di sana betul-betul lapan tahun yang lalu bahawa laluan saya dalam kesusasteraan bermula.

"Apa keindahan! Ia akan menjadi penghormatan! (Amelinha)

"Bagi saya juga! Saya suka alam semula jadi! (Belinha)

"Jadi, mari kita pergi sekarang! (Aldivan)

Menandatangani untuk mengikutinya, rakan misteri kedua-dua beradik itu maju di jalan-jalan di pusat bandar. Di sebelah kanan, memasuki tempat peribadi dan berjalan kira-kira seratus meter meletakkannya di bahagian bawah gergaji. Mereka berhenti cepat untuk berehat dan hidrat. Bagaimana rasanya mendaki gunung selepas semua pengembaraan ini? Perasaan itu adalah kedamaian, pengumpulan, keraguan dan keraguan. Ia seperti kali pertama dengan semua cabaran yang dikenakan oleh nasib. Tiba-tiba, rakan-rakan menghadapi penulis hebat dengan senyuman.

"Bagaimana semuanya bermula? Apa maksudnya kepada awak? (Belinha)

"Pada tahun 2009, hidup saya berkisar kepada monotoni. Apa yang untuk dilakukankah saya hidup adalah kehendak untuk luaran apa yang saya rasakan di dunia. Ketika itulah saya mendengar gunung ini dan kuasa guanya yang indah. Tiada jalan keluar, saya memutuskan untuk mengambil peluang bagi pihak impian saya. Saya mengemas beg saya, mendaki gunung, melakukan tiga cabaran yang saya ditauliahkan memasuki gua putus asa, gua yang paling mematikan dan berbahaya di dunia. Di dalamnya, saya telah mengatasi cabaran besar dengan berakhir untuk sampai ke ruang. Pada masa itu keberahian bahawa keajaiban itu berlaku, saya menjadi psikik, makhluk yang maha kuasa melalui visinya. Setakat ini, terdapat dua puluh lagi pengembaraan dan saya tidak berhasrat untuk berhenti begitu cepat. Dengan bantuan pembaca, sedikit, saya mendapat matlamat saya untuk menakluk dunia. (anak Tuhan)

"Menarik! Saya peminat awak. (Amelinha)

" Saya tahu bagaimana perasaan anda untuk melaksanakan tugas ini lagi. (Belinha)

"Sangat bagus! Saya merasakan campuran perkara yang baik termasuk kejayaan, iman, cakar, dan keyakinan. Itu memberi saya tenaga yang baik. (Psikik)

"Bagus! Nasihat apa yang anda berikan kepada kami? (Belinha)

"Marilah kita kekalkan fokus. Adakah anda bersedia untuk mengetahui lebih baik untuk diri anda sendiri? (tuan)

"Ya! Mereka bersetuju dengan kedua-duanya.

"Kalau begitu ikut saya!

Ketiga-tiga mereka telah menyambung semula perusahaan itu. Matahari menghangatkan, angin bertiup sedikit lebih kuat, burung terbang dan menyanyi, batu-batu dan duri seolah-olah bergerak, goncang tanah dan suara gunung mula bertindak. Inilah persekitaran yang terdapat pada pendakian gergaji.

Dengan banyak pengalaman, lelaki di dalam gua membantu wanita sepanjang masa. Bertindak seperti ini, beliau meletakkan kebaikan praktikal yang penting sebagai perpaduan dan kerjasama. Sebagai balasan, mereka meminjamkan kepadanya haba manusia dan dedikasi yang tidak dapat dielakkan. Kita boleh mengatakan bahawa trio yang tidak dapat diatasi, tidak dapat dihalang dan kompeten.

Sedikit demi sedikit, mereka naik langkah demi langkah kebahagiaan. Dengan dedikasi dan kegigihan, mereka mengatasi pokok yang lebih tinggi, menyelesaikan seperempat jalan. Walaupun pencapaian yang besar, mereka tetap tidak mengenal penat lelah dalam usaha mereka. Mereka kerana tahniah.

Dalam sekul, perlahankan rentak berjalan sedikit, tetapi

memastikan ia stabil. Seperti kata pepatah, perlahan-lahan pergi jauh. Kepastian ini mengiringi mereka sepanjang masa mewujudkan spektrum kesabaran rohani, berhati-hati, toleransi dan mengatasi. Dengan unsur-unsur ini, mereka mempunyai iman untuk mengatasi sebarang kesukaran.

Titik seterusnya, batu suci menyimpulkan sepertiga kursus. Terdapat rehat yang singkat, dan mereka menikmatinya untuk berdoa, mengucapkan terima kasih, untuk mencerminkan dan merancang langkah seterusnya. Dalam langkah yang betul, mereka ingin memenuhi harapan mereka, ketakutan mereka, kesakitan, penyeksaan, dan kesedihan mereka. Kerana mempunyai iman, kedamaian yang tidak dapat dilupakan memenuhi hati mereka.

Dengan but semula perjalanan, ketidakpastian, keraguan, dan kekuatan pulangan yang tidak dijangka untuk bertindak. Walaupun ia mungkin menakutkan mereka, mereka membawa keselamatan berada di hadapan Tuhan kecil bercambah di pedalaman. Tiada apa-apa atau sesiapa yang boleh membahayakan mereka hanya kerana Tuhan tidak akan membenarkannya. Mereka menyedari perlindungan ini pada setiap saat sukar kehidupan di mana orang lain hanya meninggalkan mereka. Tuhan berkesan satu-satunya sahabat kita yang sejati dan setia.

Selanjutnya, mereka separuh jalan. Pendakian tetap dijalankan dengan lebih dedikasi. Bertentangan dengan apa yang biasanya berlaku dengan pendaki biasa, irama membantu motivasi, kehendak dan penghantaran. Walaupun mereka bukan atlet, ia adalah prestasi luar biasa mereka kerana sihat dan komited muda.

Dari kursus suku ketiga, jangkaan datang ke tahap yang tidak tertanggung. Berapa lama mereka perlu menunggu? Pada tekanan sekejap ini, perkara terbaik yang perlu dilakukan ialah cuba mengawal momentum rasa ingin tahu. Semua berhati-hati sekarang disebabkan oleh tindakan pasukan lawan.

Dengan sedikit masa lagi, mereka akhirnya menamatkan kursus. Matahari bersinar lebih cerah, cahaya Tuhan menyala mereka dan keluar dari jejak, penjaga, dan anaknya Renato. Segala-galanya benar-benar dilahirkan semula di tengah-tengah anak-anak kecil yang cantik itu. Mereka telah memperoleh rahmat ini melalui undang-undang tanaman-tanaman. Langkah seterusnya psikik adalah untuk menghadapi pelukan yang ketat dengan para dermawannya. Rakan-rakannya mengikutinya dan untuk dilakukan pelukan kumpulan.

"Baik untuk melihat kamu, anak Tuhan! Lama tak nampak! Naluri ibu saya memberi amaran kepada saya tentang pendekatan anda, wanita nenek moyang.

Saya gembira! Ia seperti saya ingat pengembaraan pertama saya. Terdapat begitu banyak emosi. Gunung, cabaran, gua, dan perjalanan masa telah menandakan kisah saya. Kembali ke sini membawa saya kenangan yang baik. Sekarang, saya membawa bersama saya dua pahlawan yang mesra. Mereka memerlukan pertemuan ini dengan yang suci.

"Apa nama awak, wanita? (Penjaga)

"Nama saya Belinha dan saya juruaudit.

"Nama saya Amelinha dan saya seorang guru. Kami tinggal di Arcoverde.

"Selamat datang, tuan-tuan. (Penjaga)

"Kami bersyukur! berkata dalam masa yang sama, kedua-dua pelawat dengan air mata mengalir melalui mata mereka.

"Saya juga suka persahabatan baharu. Berada di sebelah tuan saya sekali lagi memberi saya keseronokan istimewa dari mereka yang tidak dapat dipertahankan. Hanya orang yang tahu bagaimana memahami bahawa kita berdua. Bukankah itu betul, rakan kongsi? (Renato)

"Anda tidak pernah berubah, Renato! Kata-kata anda tidak ternilai. Dengan segala kegilaan saya, mencari dia adalah salah satu perkara baik dari takdir saya. Kawan saya dan abang saya. (Psikik).

Mereka keluar secara semula jadi untuk perasaan sebenar yang menyuburkan untuknya.

"Kami dipadankan pada tahap yang sama. Itulah sebabnya kisah kami berjaya, "kata pemuda itu.

"Elok jadi sebahagian daripada cerita ini. Saya bahkan tidak tahu betapa istimewanya gunung itu dalam laluannya, penulis sayang "kata Amelinha.

"Dia benar-benar terpuji, kakak. Selain itu, rakan-rakan anda sangat mesra. Kita hidup fiksyen sebenar dan itulah perkara yang paling indah yang wujud. (Belinha)

"Kami mengucapkan terima kasih atas pujian itu. Walau bagaimanapun, mereka mesti bosan dengan usaha yang digunakan dalam mendaki. Bagaimana dengan kita pulang ke rumah? Kami sentiasa mempunyai sesuatu untuk ditawarkan. (Puan)

"Kami mengambil peluang untuk meneruskan perbualan. Saya sangat merindu awak "Renato mengaku.

"Tidak apa-apa dengan saya. Ia bagus untuk wanita, apa yang mereka katakan kepada saya?

"Saya akan menyukainya! " Belinha menegaskan.

"Ya, mari kita pergi," Amelinha bersetuju.

"Jadi, mari kita pergi! " Tuan menyimpulkan.

Kumpulan mula berjalan mengikut urutan yang diberikan oleh tokoh hebat itu. Sekarang, pukulan sejuk melalui rangka kelas yang letih. Siapa wanita itu, siapa dia, yang mempunyai kuasa? Walaupun begitu banyak detik bersama, misteri itu tetap terkunci sebagai pintu kepada tujuh kunci. Mereka tidak akan tahu kerana ia adalah sebahagian daripada rahsia gunung. Pada masa yang sama, hati mereka kekal di kabus. Mereka habis menderma cinta dan tidak menerima, memaafkan, dan mengecewakan lagi. Bagaimanapun, sama ada mereka terbiasa dengan realiti kehidupan atau mereka akan menderita banyak. Oleh itu, mereka memerlukan nasihat.

Langkah demi langkah, anda akan mengatasi halangan. Sejenak, mereka mendengar jeritan yang mengganggu. Dengan satu pandangan, bos menenangkan mereka. Itulah rasa hierarki, sementara yang paling kuat dan lebih berpengalaman dilindungi, para hamba kembali dengan dedikasi, ibadah, dan persahabatan. Ia adalah jalan dua hala.

Malangnya, mereka akan menguruskan berjalan kaki dengan hebat dan lembut. Apakah idea yang telah melalui kepala Belinha? Mereka berada di tengah-tengah semak yang diserbu oleh haiwan jahat yang boleh menyakiti mereka. Selain itu, terdapat duri dan batu runcing di kaki mereka. Oleh kerana setiap keadaan mempunyai pandangannya, kerana ada satu-satunya peluang anda dapat memahami diri anda dan keinginan anda, sesuatu defisit dalam kehidupan pelawat. Tidak lama kemudian, ia bernilai pengembaraan.

Seterusnya separuh jalan di sana, mereka akan berhenti. Berhampiran sana, terdapat kebun. Mereka menuju ke syurga. Dalam kiasan kepada kisah Kitab suci, mereka berasa bebas dan bersepadu dengan alam semula jadi. Seperti kanak-kanak, mereka bermain memanjat pokok, mereka mengambil buah-buahan, mereka turun dan memakannya. Kemudian mereka bermeditasi. Mereka belajar sebaik sahaja kehidupan diubat oleh saat-saat. Sama ada mereka sedih atau gembira, adalah baik untuk menikmati mereka semasa kita masih hidup.

Dalam sekelip mata, mereka mandi menyegarkan di tasik yang dilampirkan. Fakta ini menimbulkan kenangan yang baik sekali, pengalaman yang paling luar biasa dalam hidup mereka. Betapa bagusnya menjadi seorang kanak-kanak! Betapa sukarnya untuk membesar dan menghadapi kehidupan dewasa. Hidup dengan yang palsu, kebohongan dan palsu orang.

Bergerak, mereka menghampiri takdir. Di sebelah kanan di laluan, anda sudah dapat melihat hotel mudah. Itulah tempat perlindungan orang-orang yang paling indah dan misteri di gunung. Mereka menakjubkan apa yang membuktikan bahawa nilai seseorang tidak dalam apa yang dimilikinya. Bangsawan jiwa adalah watak, dalam sikap amal dan kaunseling. Itulah sebabnya mereka mengatakan kata-kata berikut, lebih baik seorang kawan di dataran bernilai daripada wang yang disimpan di bank.

Beberapa langkah ke hadapan, mereka berhenti di hadapan pintu masuk kabin. Adakah mereka mendapat jawapan kepada pertanyaan dalaman mereka? Hanya masa yang boleh menjawab soalan ini dan lain-lain. Yang penting tentang perkara ini ialah mereka berada di sana untuk apa sahaja yang datang dan pergi.

Mengambil peranan tuan rumah, penjaga membuka pintu yang memberi orang lain laluan ke bahagian dalam rumah. Mereka memasuki sia-sia yang unik dengan menuntun segala-galanya dalam peranti besar. Mereka kagum dengan kelazatan tempat yang diwakili oleh hiasan, objek, perabot, dan iklim misteri. Sebaliknya, di tempat itu terdapat lebih banyak kekayaan dan kepelbagaian budaya daripada di banyak istana. Jadi, kita boleh berasa gembira dan lengkap walaupun dalam persekitaran yang rendah hati.

Satu demi satu, anda akan menetap di lokasi yang disediakan, kecuali dapur Renato, menyediakan makan tengah hari. Iklim awal rasa malu dipecahkan.

"Saya ingin mengenali anda dengan lebih baik, gadis . (Penjaga)

"Kami dua gadis dari bandar Arcoverde. Kedua-duanya menetap dalam profesion, tetapi kalah dalam cinta. Sejak saya dikhianati oleh pasangan lama saya, saya kecewa, Mengaku Belinha.

"Ketika itulah kami memutuskan untuk kembali kepada lelaki. Kami untuk dilakukan pakatan untuk memikat mereka dan menggunakannya sebagai objek. Kita tidak akan menderita lagi. (Amelinha)

"Saya akan sokong mereka semua. Saya bertemu dengan mereka di khalayak ramai dan sekarang mereka datang melawat kami di sini, dan ia memaksa bercambah pedalaman.

"Menarik. Ini adalah tindak balas semula jadi terhadap kekecewaan yang menderita. Walau bagaimanapun, ia bukan cara terbaik untuk diikuti. Menilai keseluruhan spesies oleh sikap seseorang adalah kesilapan yang jelas. Masing-masing mempunyai keperibadiannya sendiri. Wajah suci dan tidak tahu malu anda ini boleh menimbulkan lebih banyak konflik dan kesenangan. Terpulang kepada anda untuk mencari titik yang betul dalam cerita ini. Apa yang boleh saya lakukan ialah sokongan seperti yang dilakukan oleh rakan anda dan menjadi aksesori kepada cerita ini menganalisis semangat suci gunung.

"Saya akan benarkan. Saya mahu mencari diri saya di kuil ini. (Amelinha)

"Saya terima persahabatan anda juga. Siapa tahu saya akan berada di opera sabun yang hebat? Mitos gua dan gunung kelihatan begitu sekarang. Bolehkah saya untuk dilakukan hajat? (Belinha)

"Sudah tentu sayang.

"Entiti gunung boleh mendengar permintaan pemimpin yang rendah hati kerana ia telah berlaku kepada saya. Mempunyai iman! telah memberi motivasi kepada anak Tuhan.

"Saya sangat kafir. Tetapi jika anda berkata demikian, saya akan cuba. Saya meminta kesimpulan yang berjaya untuk kita semua. Biarkan setiap daripada anda menjadi kenyataan dalam bidang utama kehidupan. (Belinha)

"Saya memberikannya! " Guruh suara yang dalam di tengah-tengah bilik".

Kedua-dua mereka telah melompat ke tanah. Sementara itu, yang lain ketawa dan menangis pada reaksi kedua-duanya. Fakta itu lebih kepada tindakan nasib. Terkejut sekali! Tidak ada yang dapat meramalkan apa yang berlaku di atas gunung. Oleh kerana seorang India yang terkenal telah meninggal dunia di tempat kejadian, sensasi realiti telah meninggalkan ruang untuk ghaib, misteri dan yang luar biasa.

"Apa itu guruh itu? Saya berjabat setakat ini. (Amelinha)

"Saya mendengar apa yang dikatakan suara itu. Dia mengesahkan hasrat saya. Adakah saya bermimpi? (Belinha)

"Mukjizat berlaku! Dalam masa, anda akan tahu dengan tepat apa maksudnya untuk mengatakan ini . " katanya tuan".

"Saya percaya di gunung, dan anda juga mesti percaya. Melalui keajaibannya, saya tetap yakin dan selamat dengan keputusan saya. Jika kita gagal sekali, kita boleh mulakan semula. Selalu ada harapan bagi mereka yang hidup. "Yakinlah dukun psikik yang menunjukkan isyarat di atas bumbung".

"Cahaya. Apa maksudnya? dalam air mata, Belinha.

"Dia sangat cantik, cerah, dan bercakap. (Amelinha)

"Ia adalah cahaya persahabatan abadi kita. Walaupun dia hilang secara fizikal, dia akan tetap utuh di dalam hati kita. (Penjaga)

"Kita semua ringan walaupun dengan cara yang berbeza. Takdir kita adalah kebahagiaan - mengesahkan psikik.

Di sinilah Renato masuk dan untuk dilakukan cadangan.

"Sudah tiba masanya kami keluar dan menemui beberapa rakan. Masa untuk bersenang-senang telah datang.

"Saya menantikannya. (Belinha)

"Tunggu apa lagi? Sudah tiba masanya. (Amelinha)

Kuartet keluar di dalam hutan. Kadar langkah adalah pantas apa yang mendedahkan penderitaan dalaman watak-watak. Persekitaran luar bandar Mimoso menyumbang kepada cermin mata alam semula jadi. Apakah cabaran yang akan anda hadapi? Adakah haiwan yang sengit berbahaya? Mitos gunung boleh menyerang pada bila-bila masa yang agak berbahaya. Tetapi keberanian adalah kualiti yang dibawa oleh semua orang di sana. Tiada apa yang akan menghalang kebahagiaan mereka.

Masanya telah tiba. Dalam pasukan aset, terdapat seorang lelaki kulit hitam, Renato, dan orang berambut perang. Dalam pasukan pasif ialah Ilahi, Belinha dan Amelinha. Pasukan ini dibentuk; Keseronokan bermula di kalangan hijau kelabu dari hutan negara.

Lelaki hitam tarikh Ilahi. Renato Tarikh Amelinha dan tarikh berambut perang Belinha. Seks kumpulan bermula pada pertukaran tenaga antara keenam-enam. Mereka semua untuk semua orang untuk satu. Dahaga untuk seks dan keseronokan adalah perkara biasa bagi semua. Meragam kedudukan, masing-masing mengalami sensasi yang unik. Mereka mencuba seks dubur, seks faraj, seks lisan, seks kumpulan antara seks lain. Itu membuktikan cinta bukan dosa. Ia adalah perdagangan tenaga asas untuk evolusi manusia. Tanpa perasaan bersalah, mereka cepat bertukar pasangan, yang memberikan pelbagai syahwat. Ia adalah campuran keberahian yang melibatkan kumpulan. Mereka menghabiskan berjam-jam melakukan hubungan seks sehingga mereka letih.

Lagipun selesai, mereka kembali ke kedudukan awal mereka. Masih banyak yang perlu ditemui di gunung itu.

Tamat

www.ingramcontent.com/pod-product-compliance
Lightning Source LLC
LaVergne TN
LVHW020433080526
838202LV00055B/5165